中西進と読む
「東海道中膝栗毛」

中西進と読む「東海道中膝栗毛」

目次

発端／初編（江戸～箱根）

武蔵
相模
伊豆
東京
品川
新横浜
小田原
三島
熱海
多摩川
相模川
酒匂川
早川
東海道新幹線
東海道
東京湾
相模湾
日本橋 1
品川
川崎 2
神奈川
保土ヶ谷 3
戸塚 4
藤沢 5
平塚
大磯 6
小田原 7
箱根 8
三島 9
沼津 10

富士山
駿河
吉原
新富士
蒲原 12
由比
興津 13
江尻
富士川
安倍川
府中 14
丸子 15
静岡
岡部
藤枝 16
島田 17
金谷 18
大井川
日坂 19
遠江
掛川 20
掛川
袋井 21
見付
天竜川
浜松 22
浜松

美濃
尾張
三河
岐阜羽島
名古屋
30 宮
31 桑名
鳴海
池鯉鮒
矢作川
三河安城
29 岡崎
28 藤川
27 赤坂
御油
26 吉田
豊橋
25 二川
22 浜松
浜松
白須賀
新居 24
舞坂 23
石薬師
四日市 32～35
神戸
伊勢湾
三河湾
遠州灘
39 小俣
40～43 伊勢
外宮 44
内宮

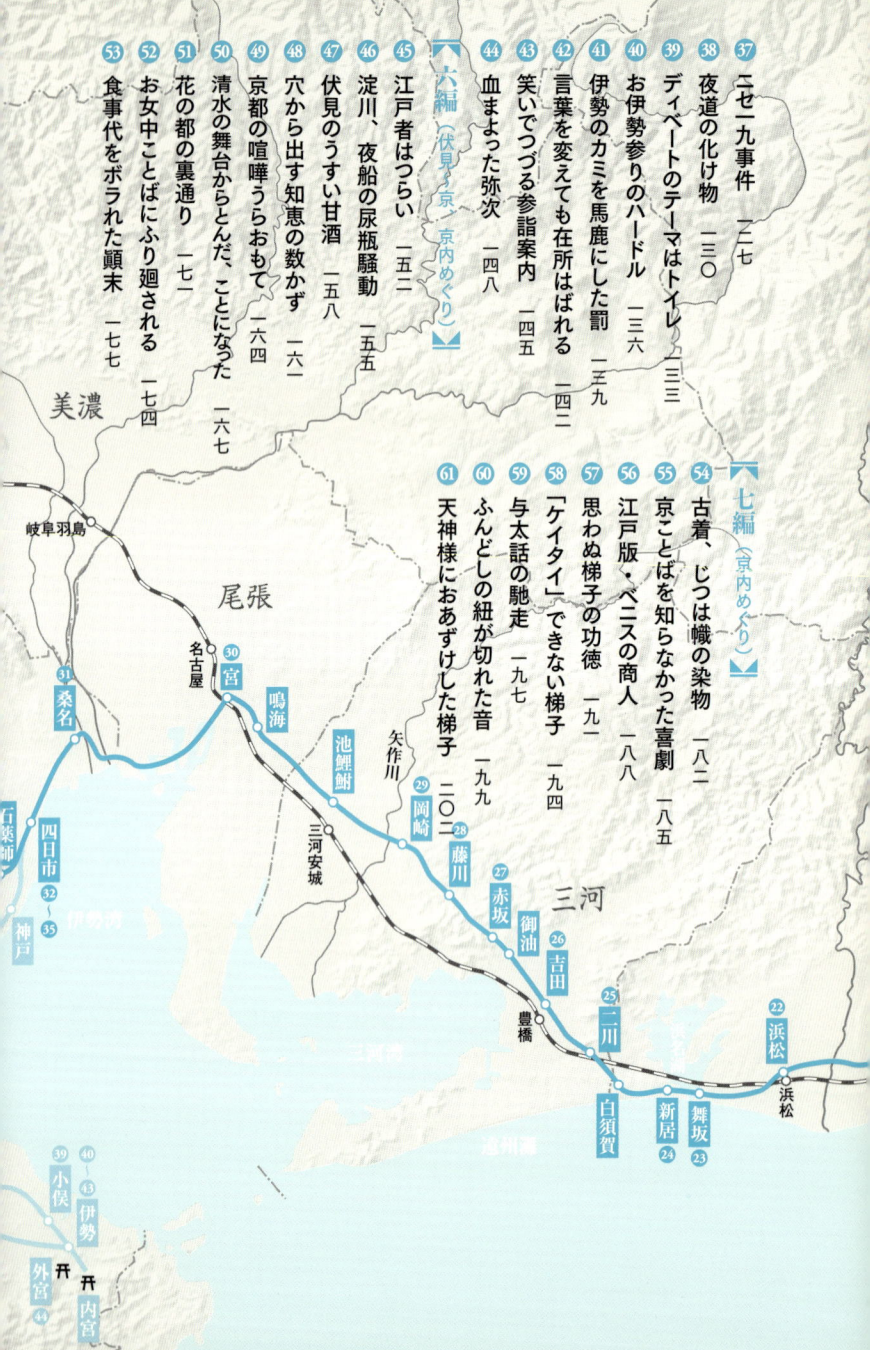

八編（大坂見物、生玉〜住吉）

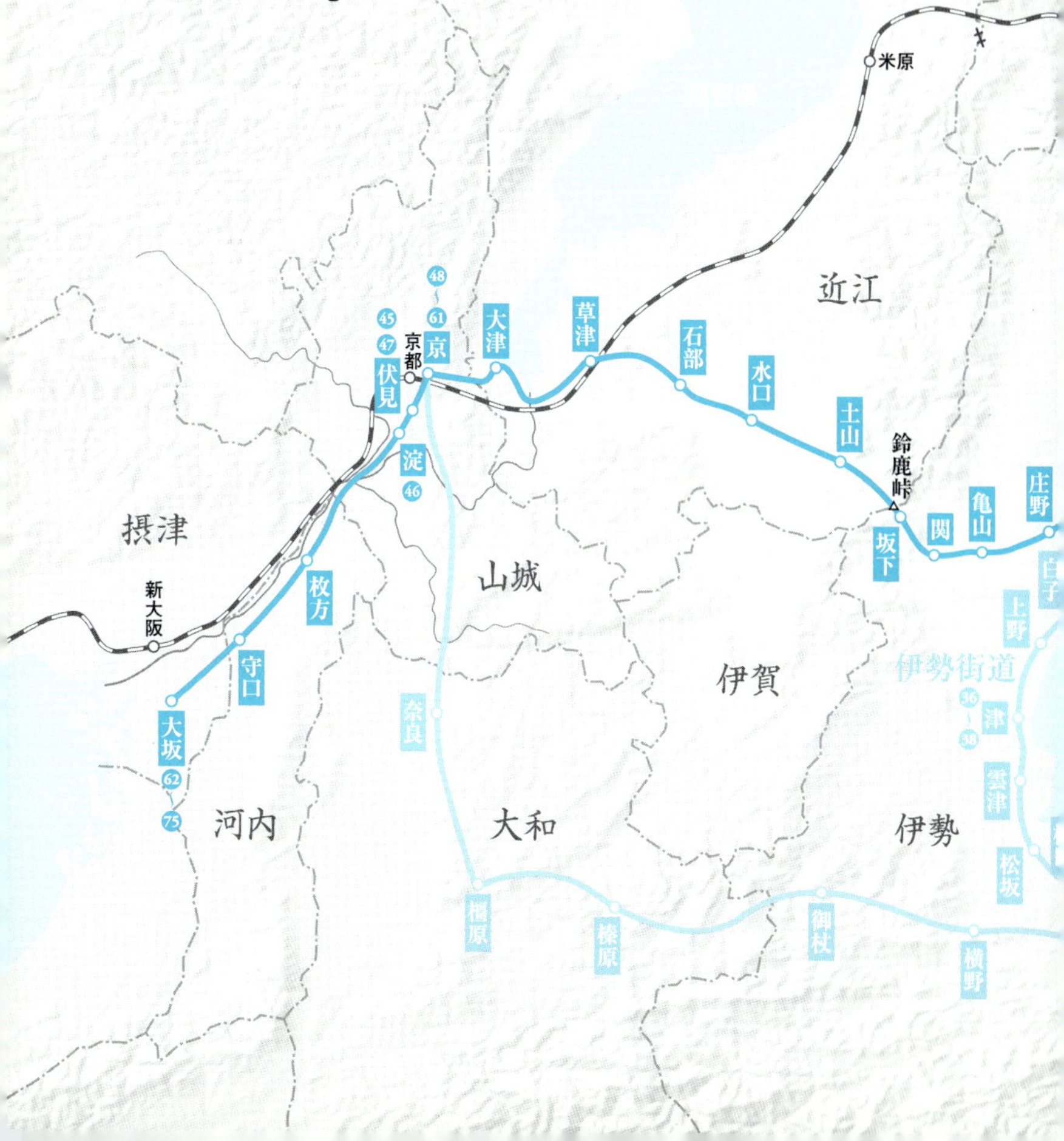

米原
近江
草津
大津
48〜61
京
京都
45
47
伏見
淀
46
石部
水口
土山
鈴鹿峠
坂下
関
亀山
庄野
白子
上野
伊勢街道
36〜38
津
雲津
松坂
摂津
山城
新大阪
枚方
守口
大坂
62〜75
河内
奈良
大和
伊賀
伊勢
橿原
榛原
御杖
横野

各編の扉に付した地名の表示は、本書が原典として使用した「新編日本古典文学全集　81」（小学館）所収『東海道中膝栗毛』にならったものです。

また、原典には今日では使用しない差別的表現が含まれていますが、本書の趣旨に照らして、そのまま引用した場合もあります。ご了承ください。（編集部）

〈図版出典〉

カバー　仮名垣魯文・歌川芳幾『東海道中膝栗毛野次馬』「沼津・原の駅」より　新居関所史料館蔵

本　扉　歌川豊国『戯作六家撰』より「十返舎一九肖像」東京大学文学部国文学研究室蔵

各編扉　国立国会図書館蔵

地図作成　ジェイ・マップ

東海道中膝栗毛◎

発端　初編

（江戸～箱根）

歌川広重『五十三次名所図会』より「小田原」

❶ はじまり、はじまり

発端

旅の道づれといえば、いまでも弥次《やじ》・北のふたりである。今から二百年ほど前、享和二年（一八〇二年）に出版された十返舎一九《じっぺんしゃいっく》の『東海道中膝栗毛《とうかいどうちゅうひざくりげ》』が大当りをとった。その主人公がこのふたりだからだ。

弥次はフルネーム弥次郎兵衛。駿河《するが》出身の商人だが、おっちょこちょいで遊び好き。旅役者に入れあげて落籍《ひか》せ、男色にふけって親の身代をつぶし、仕方なく江戸に出て来た。今や、神田八丁堀に住むなまけ者である。

弥次は女房にいわせると色が黒くて目が三角、大口で髭《ひげ》だらけ。胸から腹へたむしがべったり、足も不潔だから皮膚病でかさかさ、寝ると臭いいびきをかく男である。

しかし無類に、気持がいい。

北こと北八は、弥次が落籍せた旅役者である。弥次の食客として養われているが、この方はなかなか才覚があって、けっこう商売上手である。貧乏にこまった弥次が奉公に出させても、小銭がたまる身となる。

ところで弥次。独り所帯のむさくるしさを見かねた近所から女房をあてがわれるが、かいがいしい世話がうっとうしい。陰気くさくて仕方ない。

そこで女房追い出しをはかる。友人に頼んで言う。「おれが昔なじんだ女というふれ込みで女をつれて乗り込んできてくれ。そうしたら女房も身を引くだろう」と。

武士に化けた友人、「妹」をつれて来る。成功。女房は泣く泣く出ていく。

ところで「妹」というふれ込みの女は身重。さる御隠居の手がついた女だから、引取り料として十五両くれるというから有難い。

そこへ北がやってくる。北は、じつは十五両ないと奉公先を追い出されるから十五両工面してくれと、かねて弥次に無心していたのだった。大丈夫、融通してやると弥次が胸をたたいていたのは女の持参金十五両をあてにしてのことだ。

さて北は、女を見るとびっくり。じつは北、手を出した女が身ごもり、始末に困って友人に十五両つけてどこぞへ片付けてくれと頼んでいた。その女だったのである。もちろん、この十五両は弥次から借りるつもりだった。

おまけに、そうこうする内に女は産気づき、七倒八転、あげくの果てに死んでしまう。けっきょく奉公先を追い出された北がまた弥次の元にもどり、ふたりはつまらない身の上にあきて、いっそ運なおしに東海道の旅に出ようということになる。借金をしての、お伊勢参りである。

こうして『膝栗毛』はとんだドタバタ劇から幕を開ける。

この話の中で、女房を追い出す手段としてニセ者の武士の登場するのがおもしろい。井原西鶴の作品にも、親類縁者をいさめる時に武士に化けた男が出てくるから、当時はやった手段だった。江戸時代には身分階級はきまっているはずだが、もうこれでは、他人をおどす装置としてしか武士が使われていない。

　江戸の町人は、それほどしたたかに成長していた。身分制度にしばられることも陰気くさいことだが、女房にしばられるのも陰気くさがったのが弥次・北である。市民生活の建前や日常の退屈さ。それが彼らをユーモラスな旅にさそい出したのである。

　しかも弥次は駿河出身。北は旅役者。もともと江戸の根生いの人間ではない。十八世紀の大都会・江戸も、一見の成熟した文明ぶりを誇ってはいても、やはり寄せ集めの集団をかかえていたことがわかる。

　今でも東京は、お盆になるとからっぽになるという。そんな日本の都市のあり方が、東海道の旅人を作り出すのだろう。

　そもそも、日本の人口は、移動人口なのかもしれない。

　その上、当時は、道のかなたにありがたいお伊勢さまがあった。弥次・北も都会のアンニュイ（倦怠）にいや気がさして旅に出たともいえるが、また、アンニュイからの脱出に失敗した、かなわぬ時の神だのみの旅であったともいえる。

　それもまた庶民的で、いいではないか。

❷ まずは大名行列と馬方

川崎

初編

弥次郎兵衛は北八をともない、いよいよ東海道の旅に出発する。まずは伊勢神宮にお参りをしたのち、大和をまわって京都に出、大坂で遊ぼうという算段である。

江戸を旅立ち、六郷《ろくごう》の渡しをこえて、二人の旅は順調である。道中はおどろくほどに軽口やしゃれにみちている。

渡しをこえた茶店で早ばやと、茶屋の造りをからかう。

「何ともふしぎ。道中の茶屋では、床の間に枯れ花を活けておくことよ」

「あの掛軸は何だ」

「ありゃ鯉の滝のぼりよ」

「おらあ、鮒がそうめんを食ってるのかと思った」

といったぐあいに。

やがて大名行列がやって来た。先頭の先払いは六十がらみのおやじと十四、五歳の奴《やっこ》である。当時先払いは、先々の宿で人足を当てた。

行列は、「下に下に。冠物《かぶりもの》を取りましょうぞ」と大声を出しながらやって来る。そういわれると通行人はみんな笠を脱いで、道端に土下座しなければならない。ところが北八、「駆落ちした者は土下座をしねぇでいいらしい」という。なぜだと聞く弥次に「かぶりものは通りましょうぞ」というからだ、と答える。このころ駆落ち者のことを「かぶりもの」といった。そして「取りましょう」を「通りましょう」とコジつけたのである。

先払いはこうも言う。「馬子よ、馬の口を取りましょうぞ」。馬をとめろというのだが、これにも北が文句をつける。「馬の口がそうそう取り外しできるもんか」

のっぽの弥次は土下座しないと、やたらに目立つ。「背が高いぞ」と怒鳴られる。と「高い筈だ。愛宕《あたご》山の階段で相撲取りの九文竜《くもんりゅう》と背くらべした男だ」とへらず口を叩く。

先払いにつづく供ぞろえの奴たちは若者だから元気がいい。裾をからげた半裸の尻が並ぶ。「豪勢に尻が並んだわ。男色売りの品ぞろえの土用ぼしだ」「しかも羽織が短いから、暖簾から物がのぞいている」と弥次。

北は殿様に目がいく。

「殿様はいい男だ。女中衆がこすりつけるだろう」

こうして膝栗毛の話題は大名行列をからかうことから始まる。とくに二人は先払いや奴が気に入らない。そもそも彼らは宿の人足だから、二人と同じ仲間のはずだ。だのに大名の威光を笠に、通行人を土下座させようとする。権力にこびへつらって威張りちらす態度が滑稽だと、笑いとばすのである。

旅という空間は地域社会の固定した枠ぐみの外にあった。作者は言いたいことを言うために小説の舞台を旅においたふしもある。

膝栗毛一編、珍道中続きだし、下世《げ》話も少くない。しかし読者が膝栗毛を歓迎した理由は、それだけではなかったのである。

さて、行列が行きすぎると馬に乗れと馬方がよって来る。馬とは今でいえば列車。馬方とはこれから長く付き合うこととなる。

馬方、乗った客に向かって、問わず語りにいわく。先だっての夜、同じ長屋の馬方の嬶《かかあ》が近所で小便をした。音がうるさいから出ていって、やってやろうとしたら、あのでっかい図体、俺をつき飛ばしたから横っ面をはり倒して、壁へ押しつけて乗っかった。まだぶつぶつ言いやがるから持ち合わせの餅を口へねじ込んですませた。

ところがもっとくれというから、そこらにあったものを馬の糞とも知らずに口へ押し込んだら大いに怒った。あんまり可哀そうだったから流行の下駄一つ、くれてやった。——

現代の読者としては馬方が馬の糞と同居していることに、あわれがそそられる。当時の人たちでも、馬方連中が馬賃のかけひきをしながら馬の糞まみれの長屋ぐらしをしている現実は、馬を使う道中を経験してみて初めてわかることだっただろう。

もちろん当時は何にせよ大らか。現代の読者が顔をしかめる長屋生活も、彼らの無邪気な一面ですらあった。

邪気のない庶民の実態にふれるのも、旅ならではの経験だろう。大都会だった江戸や大坂の読者は、膝栗毛のこんな発端に本音への大きな期待を抱いたにちがいない。

③ 街道は日和うららか

保土ヶ谷

初編

やがて神奈川の宿も過ぎ、目ざすは保土ヶ谷の宿となる。その途中、十二、三歳の男の子と道づれになる。同じくお伊勢参りと見える。

早速弥次が「お前はどこの者だ」と聞くと、「奥州《おうしゅう》」と答える。「奥州はどこだ」というと信夫《しのぶ》郡《ごおり》幡山村《はたやまむら》長松《ちょうまつ》と書いてある笠を見せる。と、弥次が言う。

「おいらはそこにいた。与次郎兵《よじろべ》えどのは達者か」

「与次郎兵えは知らないが、与太郎どんは隣りだ」

「おお、その与太郎よ。その家にのん太郎という年寄りがいるはずだ」

「じじいはおります」

「そして与太郎のかみさんは、たしか女だ」

「おっかあは女です。よく知っていなさる」

「おいらの時分は、名主は熊野伝三郎。かみさんが馬と色事をして逃げた」

「よく知っていなさる。お母《かっ》さまは馬右衛門《えもん》と駆落ちし申した」

もちろん弥次がそこにいたわけではない。でたらめを言っているにすぎないが、かみさんが女だとはよく知っているとか、色事した「馬」を馬右衛門にとりなしてよく知っているとか、感心してみせる相手も相手である。この子もお調子者だろうか。

ところが違う。その子は腹がへったと言い出す。するとすぐ餅でも買ってやろうと弥次が金を出す。この弥次の調子よさを見抜いて何かにありつけそうだと相槌をうっていたのである。

そのうちこの子の仲間がやって来た。おれにも餅を分けてくれという。そこでお前も買ってもらえといわれた仲間の子、弥次に向かって、

「わしにも買ってくれ」

「お前はどこだ」

在所は笠を見ればわかる。

「ははあ、お前も奥州。村に与茂作《よもさく》というおやじがおろう」

しかしこの子はせっかちだった。

「まず餅を買ってくれさい。そうでないとあんたの言うことは当らない」

こう言われると身も蓋もないが、弥次の「おきやアがれ。ハヽヽヽヽ ハヽヽヽヽ」でオチとなるから旅は楽しい。

「おきやがれ」とは「置いておけ」ということで、黙れとか、うるせえとかいう今の罵倒につながる。これからの道中、弥次がさかんに使う雑言である。

北八も「こいつは、かつがれた。ハヽヽヽ」と機嫌がいい。

こうして保土ヶ谷の宿につくと、例によって留《と》め女が出ていて客を引っぱる。旅の客を乗せた馬方が通ると、留め女、

「馬子どん、お泊りかいな」

「いや、お客は武蔵屋に泊る予定だが、馬がお前の顔を見たら泊りたがる」

留め女がとんだ馬面というわけか。

馬が行きすぎると女は次の旅人をつかんで離さない。

「こら、手がもげる」「手がもげては飯も食えねえ」と男が言っても、

「食えねえ方が安上がりさ」と女は口が減らない。

一方、お坊さまは冷たい。女がせっかく「お泊りかえ」ともちかけるのに、顔を見ると、

「いやもっと先へ参ろう」

その後に来たのはいなか者の同者《どうじゃ》。諸国巡拝の修行者たちだ。女が泊り賃を二百文というと、

「いや湯はぬるくてもいい。おかずの代りも要らない。飯と汁は六、七杯。その代り弁当はこの箱いっぱい詰めてくれればいい。百十六文ずつだ」と旅馴れた身の上、油断なく交渉する。

「そんならお行き」と女。

どのことば、どの仕わざ一つとっても悪気はない。戯れ合って旅人は旅を重ね、ふざけ合って宿の女は日を重ねていく。

こういう風景を日常として、街道にはうららかな日和が続いていたようである。

④ 親子連れのふりをしてみたものの

戸塚

初編

武蔵と相模の国境も過ぎたころ、陽はようやく傾いてきて、今晩は戸塚泊りと決める。

そこで弥次が一つの提案をする。

「道中、宿々で女をすすめられてどうもうるさいから、これからは親子連《づ》れといこうじゃないか」

親子連れの客ならどちらにも女をすすめることはないはずだ。

「なるほど妙案」と北に異存はない。

そこで戸塚の宿から親子としての会話が始まる。しかし宿へ着くと、さっそく「弥次さん、じゃねえ父《とっ》さん。お前のわらじも一緒にしておこう」と北がいうと、弥次がすかさず「おれの脚半《きゃはん》もすすいでおきや」というのは、この計略、何も女避《よ》けのためばかりではなかったらしい。

北もびっくり、「何、脚半をすすげか」というが、目くばせする弥次には諦めるしかない。ブツブツ言いながら、洗うことになる。

座敷へ上がると、おきまりの風呂と夕食になる。とりわけ北は大酒飲みで、すぐ気炎を上げる。茶碗についだ酒を一気に飲みほしながら「漬生姜《しょうが》に車海老《えび》。野暮じゃねえ。なあ、父さん、この紫蘇《しそ》の実が一番うめえ、お前はこればっかり食いなせえ」。紫蘇の実は、もちろん添え物である。「馬鹿を言え。紫蘇の実は食わないものだ」といいながら、弥次も機嫌がいい。この宿、今日が店開きとあって、酒も振舞い酒だから、なおのことである。

しかし差しつ差されつしている間に、だんだん酒が廻ってきて、親子のことば遣いも、なんだか無茶苦茶になる。

「姉《あね》さん、ちょっとあいをしてくんな」

女に酒をついでくれ、というのである。

「私はいっこうに飲めません」

「そうは言わずに。これが今夜の約束の盃《さかずき》だ。のう、父さん」

さすがに弥次は、「伜《せがれ》めは、もう酔ったようだ」というが、

「何、酔ったとはあつかましい。あの親父《おやじ》の面はよ。アハハ」と北はもう前後不覚である。呂律《ろれつ》も廻らない。親子だと信じきっている女は肝をつぶして親父さまの方へ返盃する。と、

「ええ、親父の畜生め。お前、親父に気があるな。こっちにも頼みます」といって女にしなだれかかるから、女もあきれて逃げ出してしまった。

「女の前であんなこと、言うな」と弥次がたしなめても「何が悪い。女が変な目つきをするから親子の縁も切りたくなった」

と他人のせいにして、はばからない。

その上、縁を切りたくなったと本人が思うだけで、女中はどこまでも本当の親子だと思っているから、北がいくら口説いても本気にしてもらえない。

そもそも、店で女をすすめられるのがうるさいからというので親子のふりをしたのだから、弥次の計画は成功したことになる。しかし北は脚半は洗わされるわ、弥次を親父として立てなければならないわ、いいところは一つもない。

その上、地が出て女がほしくなった時には、もう女は来ない。

ひとり寝の枕もさみしく寝ているうちに夜も更け、台所の音も静まり、宿の女房の「小言」ばかりが耳につく。垢によごれた布団《ふとん》の中で虱《しらみ》はかゆいし、すきま風は寒い。ほろ酔いの酒もすっかりさめて夜明けをむかえることとなった。

万事、親子のふりが悪かった。

しかし女を買う無駄金を使わずにすんだことはたしかである。じつは『膝栗毛』はいたるところで狂歌をよむ。それが仕上げのように一幕一幕がしくまれているといってよい。ここでも無駄金を使わずにすんだことに気持をもっていって、一首をひねる。

一筋に　親子とおもう　女より　ただ二筋の　銭もうけせり

二筋とは八百文。一筋と二筋とをかけて、八百文を捨てなくてすんだと、笑った。

いつもながらの明るいオチが、二人の身上である。

❺ 黒コゲ団子を食ったわけ

藤沢

初編

気ままな旅をつづける弥次と北、やがての宿は藤沢である。当時宿々には棒鼻《ぼうばな》とよばれる宿の案内棒が、宿の外れに立てられており、小さな茶店もあった。
その茶店に休んだ二人、串団子を頼んで焼き直すのを待っていると、一人の親仁《おやじ》がやって来た。「江の島にはどう行くか」と聞く。
弥次「そんならここを真直ぐ行って、遊行《ゆぎょう》さまの前に橋があるから……」といいかけると、北が口をはさむ。
北「たしか橋の向うだっけ、粋《いき》な女房《かかあ》がいる茶屋があった……」
弥「それそれ。去年おらが大山参りにいった時泊った家だ。あの女房は江戸者よ」
北「どうりで気が利《き》いていらあ」
話が脇道へそれるからたまらない。
親仁「もしもし、その橋からどう行きます」
弥「橋の向うに鳥居があるから、そこを真直ぐに……」
北「まがると田んぼに落っこちやすよ」

弥「エエ。手前《てめえ》は黙っていろよ。その道をずっと行くと村外れに、茶屋が二軒ある」
北「ほんにそれよ。よく腐ったものを食わせる茶屋だ」
弥「そりゃ、手前のいうのは右側だろう。左側の家はいいわな。去年おらが行った時はピチピチした鯛の焼物と、大皿の海老がはみ出す奴だった。それに卵と、くわいと大椎茸に、それから……」
親仁「もしもし、わしはそんなもの食わずともようござる。そこからまたどう行きます」
弥「そこをずっと行きあたると石の地蔵さまがありやす」
北「あの地蔵さまは瘡《かさ》（皮膚）の病気に効くそうだ。おらの家の近くのへたなす（短身者）が治った」
弥「ほんに。瘡といやあ新道の金箔《きんぱく》屋のたね吉は草津へ行ったっけが、どうしたかなあ」
北「あいつは大福町に所帯をもってらあ」
弥「大福町たあ、どこだ」
北「大福町はおいらの通りを真直ぐに当座《とうざ》町へ出て、判取《はんとり》町から店賃《たなちん》町を通って、地代屋敷の算盤《そろばん》橋を渡ると、そこが大福町だ」
　もう親仁はイライラ。
親仁「そんなことよりゃ、江の島へ行く道教えてくんさい」
弥「ほんにそうだ。その地蔵さまから大福町へ真直ぐ行くとの」
親仁「江の島へ行くにもそんな町がござるか」

弥「いやいや、こりゃあ江戸の町だっけ」

親仁「エエ、この衆は。お江戸のことは聞き申さない。あきれたお方だ。どれ、先へ行って聞きますべえ」

結局、親仁は何も聞けない。ブツブツ小言をいいながら行きすぎるしかない。

たしかに、埒《らち》もない話だ。大福町とは大福帳のもじりで、当座帳、判取帳、店賃帳とそろって大福帳にたどりつく。土地建物の財産も算盤をはじいてはじめて大福帳ができあがる。

しかもこれが北の発言であるように、北が口をはさむたびに、すべて話は脇道へそれる。そもそも一人の頭の中でも、連想作用に引きずられて話に付け足しがあったり、別の話に話題が飛んだりする。まるで、そんな埒もない話しぶりをからかうように、この会話がつづられている。

楽しいかもしれないけれども、とりとめもない話は、道を急ぐ現実には、とても間尺に合わない。物の用にたたない会話の代表が井戸端会議なら、それへの痛烈といってもいいパロディでもある。

ところでことばを楽しんだ、長話の間に串団子は焼けすぎたのか、やがてまっ黒にこげて炭火がついたままの団子を店の婆が運んで来る。

団子をさし出されるままにくらいついた北、熱い熱いと大さわぎ。旅の親仁をからかったバチが黒こげ団子となって戻ってきた次第である。

❻ 長道中には謎も一興

大磯

初編

旅は大磯も過ぎて順調である。春の日も長い。しかし春の日の長あくびに頤《あご》の掛金《かけがね》もはずれんばかりで、眠い目をこすりこすり歩いたとは、少々言いすぎではないか。うつらうつらしていては、歩くわけにもいくまい。

しかし北八、眠気ざましにとばかりに、道中、謎をかけ合おうといい出す。弥次に異論はない。

まずは北の謎かけ。

「『外は白壁、中はどんどん』はなーに」

これは当時、一番初歩の謎だ。答えは行灯《あんどん》。馬鹿ばかしいとばかりに今度は弥次がかける。

「お前と俺《おれ》が連れ立っていくとかけて何と解《と》く」

北「そりゃ知れたこと。伊勢へ参る、と解く」

弥「馬鹿め、馬二匹と解く」

心はドウドウだからと、同道と馬のどうどうという掛け声をかけた。

次は北、「そんなら俺《おい》ら二人の国はどこだ」

弥「神田の八丁堀。家主は与次郎兵衛《よじろべえ》の家《たな》」。本人じつは弥次郎兵衛《やじろべえ》だが、釣合人形のヨジロベエに代えた遊びだ。この人形、ヤジロベエともいうが、それでは本人と同じだから、おもしろくない。

北「下手な冗談だ。これは豚《ぶた》が二匹、犬ころが十四と解く」心はぶた二《にん》（二人）ながらきゃん十《とお》（関東）者だそうな。

弥「よしてくれ。今度は難しい奴だ。解けねえと酒を買わせるがいいか」

北「解いたらお前《めえ》買うか」

弥「知れたことよ」

北「こいつはおもしろい」

相談がまとまると、

弥「俺ら二人の国とかけて豚が二匹、犬ころが十四と解く。その心は二人ながら関東者。さあこれは何だ」

北「ハヽヽハヽヽそんな謎があるものか」

弥「あるからこそかけるわ」

北「どうしてそれが解《わか》るものか」

弥「じゃ言おう。色男が自分の帯を解いて、女にも帯を解かせると解く」

北「その心は」

弥「解いた上でまた解かせるから。どうだおかしいか。さあ酒を買え」

北「待ちなよ。意趣返《いしゅがえ》しをしてやろう。俺のも少々長い。俺ら二人の国とかけて豚が二匹、犬ころが十匹と解く。その心は二人ながら関東者。これを又、色男が自分の帯を解いて、女にも帯を解かせると解く。その心は、解いた上でまた解かせるから。さあ、これは何だ」
弥「ハヽヽハヽヽ、途方もねえ。長い謎だ」
北「どうだ弥次さん、解るめえがの。これを衣桁《いこう》のふんどしと解きやす」
弥「その心はどうだ」
北「解いてはかけ、解いてはかけ」
結局のところ二人で「ハヽヽハヽヽ」と大笑いになって終りとなる。それにしても退屈しのぎに謎を一つずつかけ合うだけではない。前の謎解きをまた謎にしてかけ合うところが作者の工夫のしどころだった。
これでは、いわゆるキリナシ話で、どんどん話がふくらんでいって、キリがない。謎を解いた心まで次には謎になるのだから、ふくらませ方は絶妙である。
こうして謎がどんどん続いていって際限もないことは、道中の長さに見合っているだろう。まるで「ことばの長道中」というべき謎くらべである。
しかも最後は「帯を解く」と「謎を解く」の「解く」を通わせた。つまり男女の帯解きを謎の解きくらべに通わせるダジャレによって、キリのない謎合戦に決着をつけたのである。
最初のいささか苦しい語呂合わせからダジャレによるしめくくりまで、読者は他愛もないことば遊びにつき合わされることになる。

こんなバカバカしいこと！と怒る人は膝栗毛のよい読者にはなれない。われわれだって旅のうかれ気分の中で、同じように他愛のない会話をしながら旅を楽しんでいることが、よくあるではないか。

初編

小田原

❼風呂騒動

旅心の浮かれ気分は、今も昔も変らない。

ところが浮かれ気分が頂点に達すると、とんだ失敗をする。『膝栗毛』が昔から有名なのも、この失敗の連続にある。

「センチメンタル・ジャーニー」ということばは有名だが、正反対の「メリー・ジャーニー」がその結果である。

五右衛門風呂騒動もその一つだ。――といっても、五右衛門風呂を知らない読者も多いだろう。湯槽が大きな釜で、下から火をたく。だから底に板を沈めて入る。すると足が釜にじかにあたらないから、平気でいられる。

まわりも熱くなってはいるが、湯の温度と同じわけだから問題ない。

その上人間が入っていない時は、底板が浮かんで湯の表面をおおっているので、熱は逃げない。

じつはこの湯槽は関西にはやったものだから、今でも関東では、なじみが薄いのではないだろうか。

二人が小田原で泊った宿は上方者が経営していたから五右衛門風呂だった。江戸者の二人は、この風呂を知らなかった。

先に入った弥次、上に浮かんだ底板をフタと勘ちがいして、とって湯に入った。さあ足が熱くて入っていられない。

ふと見るとトイレの下駄がある。しめたとばかり弥次は下駄をはいて風呂に入り、上機嫌で浄瑠璃を一くさり。

おまけに、次に入る北を困らせてやろうと、弥次は下駄を隠しておく。

勢いよく入った北八は大あわて。しかし弥次が隠した下駄を見つけ、さては意地わるく下駄を隠したと思いつつ湯につかったが、北八は湯に入りすぎて熱くなり、立ったりすわったり、あげくのはては下駄をガタガタ踏みすぎて、ついに釜が割れてしまう。

宿の主人にはおこられ、弁償させられる始末だった。

じつはこの話にはオチがついている。意地悪されたと思った北八、宿の女中とよろしくやろうとたくらんでいた弥次を見破り、弥次の留守に、弥次の悪口をさんざん女にいった。女は性病でもうつされたらたまらないと思って、金だけもらってドロンする。

やるせないのは弥次、弁償金はとられるわ女に手付け金はもち逃げされるわ、悶々と一夜を明かすことになった、とか。

それをおもしろがって北八が一首をよんだというから、北八はあこぎである。

ごま塩の　そのからき目を　見よとてや　おこわにかけし　女うらめし

旅は、こうして笑い話として語られているが、さてこの話、江戸者が京・上方の風習を知らなかったという話である。

二人のユーモラスな裸の身ぶりは、十分、田舎者として戯画化されている。もちろん江戸者からみれば、釜の中に入るとはケッタイな話で「これじゃ風呂に入るのにも下駄が要らァ」というブラックユーモアを考えてもよい。

要は、こんな狭い日本にも「所変れば品変る」という違いがあって、東海道とはそんな違いをつなぐテープのような役をはたしていた、ということだ。

今はやりのことばでいえば、狭い日本ながら、東西のカルチャーショックに出合ったのである。

東海道中膝栗毛◎

二編

（箱根〜岡部）

歌川広重『五十三次名所図会』より「蒲原」

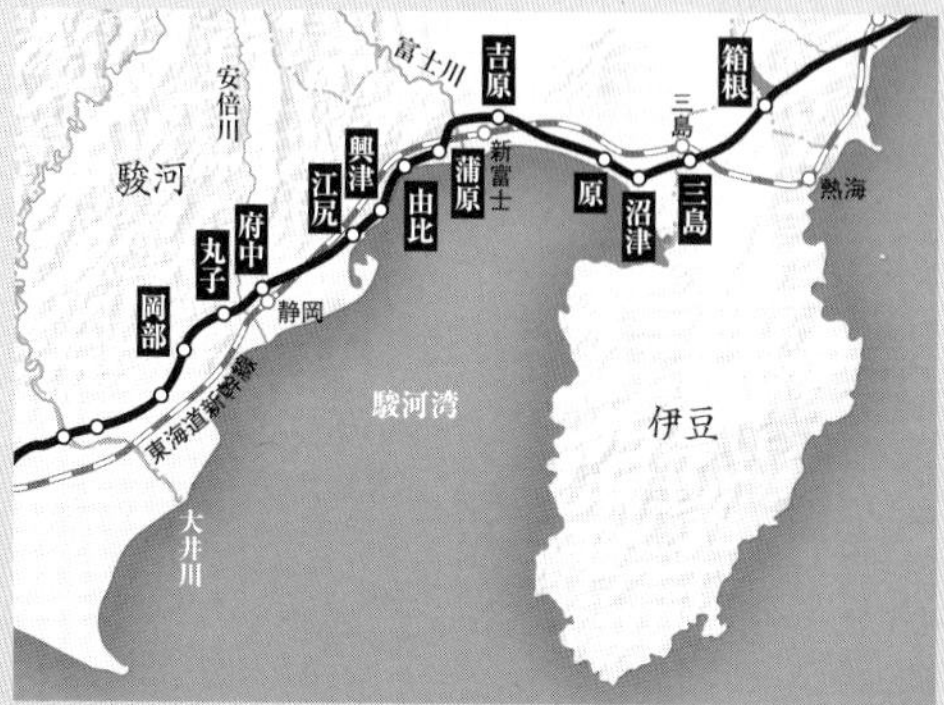

❽ 天下の険を越える二人

旅路を重ねて二人はやっと箱根の宿にたどりついた。

茶店で一休みする二人に、おやじが甘酒を一杯出す。ところが甘酒、見なれたものより見た目に黒い。「所変れば品変る」のたとえ通りで、道中記の狙いの一つは、各地の変り種を見せるところにあろう。そこで北が「こいつは黒い」というと、弥次がすかさず「黒いようで甘いは遠州浜松じゃないか」と駄洒落を飛ばす。雲助の唄「遠州浜松広いようで狭い。横に車が二丁立たぬ」を、もじったのである。

それにしても弥次は一向に甘酒を飲まない。ふしぎに思った北が尋ねると「俺あ嫌だ。だいたい施主《せしゅ》の気が利かねえ。茶碗を多少とも朝顔型にすりゃいいのに」という。何故か弥次は葬式の振舞い酒に見立てたらしい。黒い酒から鯨幕を連想したたか。

こうなると北も乗る。「これじゃ強飯《こわめし》の漬物も奈良漬じゃあるめえの」。せいぜい沢庵ぐらいしか出ないだろうと、これまたケチな施主へのからかいを承けたのである。

しかし気の利かない茶店のおやじにしてみると何のことか解らない。「漬物はござらぬが梅干を進ぜよう」ということになる。当時の江戸者がテンポの早い会話を粋《いき》がっていたことが、よくわかる。

かくして店を出た二人が聞いたものは馬子唄である。

〽富士の頭が　つん燃える
何《な》じょにけふりが　つん燃える
三島女郎衆《じょろしゅ》に　がらら打ちこみ
焦《こが》れおじゃったら　つん燃えた
しょんがえ　ドウドウ

なかなか唄はよいではないか。富士山は三島女郎衆に恋いこがれたから頭が燃えるとはおもしろい。

行き違う馬子どうしの会話も楽しい。「おォ、出羽宿の先生どうだ」と一人がいうと相手の馬子も「べらぼうめ、おれが先生ならお前は磔《はりつけ》だ」。

先生が磔刑の大悪党と仲間では悲しいが、やはり世の中の先生たるもの、昔も今もそんな所だろう。つづけて作者の一九先生、馬を「ヒインヒイン」と鳴かせているのは、「そうだそうだ」という意味か。

次に来たのは江戸入りのお女中衆。すると北が白い手拭をかぶり出す。何でも「白い手拭をかぶると粋な男に見える」と聞いていたらしい。

ところが通りすぎる女たち、見てはクスクス笑っていく。北は得意で「おいらの顔を見てうれしそうに笑っていった」というが、とんでもない。弥次「笑ったはずだ。白い布から真田紐が下がっていらあ」。昨日風呂に入った時、越中フンドシを袂に入れたが、それを手拭と間違えて頭にかぶった次第である。

その上に弥次のいうことがいい。お前は木綿《もめん》のフンドシをしめるから手拭と間違えるのだ。俺はいつも絹のフンドシだ、とは。川柳に「長局《ながつぼね》　屋根屋《やねや》一日　絹をしめ」とあるらしいから女中衆の集団からお女中が住む長局を思い出し、局から見上げる屋根屋のフンドシを連想したものか。

それにしても川柳は想像上のユーモア。お女中から見上げられる屋根屋のおしゃれとして絹のフンドシを考え出したのだろうから、実際にあるわけではない。

そして話がフンドシに行ったついでか、次の話題は雲助たちの着物談義である。布団を体に巻く者、渋紙着る者、寝ござや雨合羽《がっぱ》の者もいる内に、素っ裸の雲助もいる。彼いわく「ガミガミ婆から筵《むしろ》をもらって、着物代りに着ていたが、脱いで湯に浸っている間に馬に食われた」

引っきりなしの人馬の往来も、人を運ぶ雲助の行き来も、離合集散を常とする天下の大関《だいせき》所《しょ》、箱根ならではの日常だろう。

そしてまた、土地の甘酒も馬子唄も、馬子の会話も雲助の出立《いでたち》も、すべては大関所に住んで生きている人の風俗である。

天下の険を越える二人を取り巻く風景がいきいきと目に見える。

⑨ すっぽん騒動

三島

二編上

箱根の山を下った二人、弥次と北は、今夜の宿を三島ときめて道をいそぐ。途中、後になり先になりして知り合った男、十吉なるものとも道づれになる。十吉は如才なく話に合づちをうつ男である。

話もはずんで市の山（いま静岡県三島市市山新田）まで来ると、子どもが二、三人、大きなスッポンをつかまえて遊んでいる。

そこで北、このスッポンを買って今晩一杯やるのはどうかと弥次をそそのかす。

弥次に異論のあるはずがない。早速買いとって、そこらにおちている藁《わら》を拾い、包みをつくってスッポンを入れる。

さて三島の夜。風呂に入り食事もすみ、酒も飲んで、弥次と北は女をよぶ。当時は安直な遊び女に「飯盛り」と呼ばれる女がいた。それである。

一方、十吉の方は、お前もどうだとさそわれるが、「女中をくどきます」といってことわる。女ともども寝に入った弥次と北。

と、藁に入れておいたスッポンがごそごそと藁からはい出し、北の寝床に入っていった。

おどろいた北、あわててつかんで放りなげるとスッポンは弥次の顔にあたり、それをとろうとした弥次はスッポンに指をくわえられ、もうどうにもとれない。

以上、このドタバタ劇はすべて暗闇の中でのこと。事をじっと見ていた十吉、すばやく弥次の財布から金を抜きとり、代りに用意の石ころをつめこんだ。

この男はスリが商売。弥次を金もちと見当をつけて近づいてきたのだった。食いついたスッポンは、指ごと水に入れるとやっと口を離して、一件落着。ところが気がつくと十吉がいない。金が石に代っていることを知った時は、もうとっくに街道目ざして逃げた後であった。

例によってのドジな二人の失敗だが、そもそも子どもにつかまっている動物を助けてやる話は、浦島太郎以来、伝統がある。

ところが買ったカメを酒の肴にしようというのはめずらしい。作者はそのことへの皮肉を書こうとしていると読める。

因果応報は手ひどい。スッポンにかまれて、折角女を抱いて寝ようとした夜を台なしにされたばかりか、路銀まで盗まれてしまい、さんざんである。

じつは、最初スッポンを買ったのを見た十吉が「こいつはおもしろい」とつぶやく。何がどうおもしろいのか、この前後に脈絡がない。

どうもこの時から、スッポンが藁を破ってはい出してきて、夜中に一騒動おこると十吉は見抜いたのではないか。

「ごまの灰」※に味方するわけではないが、この道中記の喜劇の主人公には、いつも横からじっと観察している賢い男がいて、その目によっていっそう劇画化されてしまう。だから弥次がめっぽう女に弱い、その小市民共通の弱点が、いつもからかわれることになる。

しかし作者の主人公たちへの目は、常にあたたかい。弱点だらけの小市民を、むしろ自然に振舞う者として見守ろうとさえしている。

それも、この作品がたくさんの読者に支持される理由だろう。

適当なひわいさも、読者を安心させる一つだろうか。スッポンの頭は、よく男性の物にたとえられる。北の寝床にもう一つの男の物が入り込んだという趣向でもある。

スッポンが北の胸にはい上がって、女の方へはっていかなかったのは、まだしも幸いなことであった。

※旅人らしく装って旅人をだます盗賊のこと。

⑩ 田舎侍相手のことば遊び

沼津

二編上

旅路はやがて沼津に入る。その宿《しゅく》はずれの茶屋で弥次たちは一人の侍と出会う。荷物を人足にかつがせ、供一人をつれて、いかにも田舎くさい大たぶさを結《ゆ》っている。

さあ、そもそもが軽はずみの二人、浮かれた旅気分もあって好奇心いっぱいで侍を見つめる。九州者とみえる侍はお国ことば丸出しである。

「酒をちくと出しなさろ」と店の主人にいうかと思うと、供の奴に対しては「わごりょも一杯やれ」。また奴の方も返事は「ネイ」「ネイ」。店の女を見つけて「柱のねきにいる女」というのも西日本方言である。

一方「下直《かちょく》な（安い）酒」とか「奥田氏の内室」とか硬い武家ことばが入ったり、酒代の勘定が渋かったりで、そのチグハグさがおかしい。酒は値段を聞いて高い酒と安い酒をまぜて一合五勺《しゃく》出せといい、肴も値段を聞いて出させながら、これは食わなかったから金は払わない、とうるさい。

その上目ざとく見つけては、女の品評をする。万事垢抜けしていないのである。

しかし弥次と北、この侍と道づれとなって次の原の宿へと旅路をたどる。話はいつか前夜のことになる。前夜は三島の宿で夜中に財布をとられ、二人は無一物になった。

「夜前《やぜん》の泊《とま》りで、ごまの灰に取りつかれて難儀《なんぎ》しました」

　しかし侍、

「ごまの蝿が刺したのは痛かったろう」

「いや、ごまの灰とは泥棒のことです」

　それでも侍は解らない。

「泥棒とは何じゃ」

「泥棒とは盗賊のことでござります」と二人。

　九州侍が解らないのも無理はない。当時のことば事典によると、そもそも「どうらく」（道楽）ということばが関東にあって、とんでもない事を言った。それが訛って大坂では「どろぼう」となったが、この「どろぼう」がやがて関東では泥棒のこととなったらしい。これまた江戸のお国ことばだから、作者はお互いに通じない方言問答を、旅の一こまとして楽しんでいるのである。

　さて、このことばの行き違いのおかしさはさらに尾を引く。路銀をなくした二人、印伝《いんでん》の巾着《きんちゃく》を買ってくれと侍にもちかける。

　三百文でという二人に対して侍は六十文だという。「それではあんまりだ」と答えると六十一文。「もっと」とねばると六十二文。「いやどうも……」と渋ると、清水の舞台から飛びおりたつもりで六十三文。

いやでもさっきのシワイ勘定を思い出してしまう。

「一文ずつでは埒があかない。丁度で買ってくださりませ」

するとと侍「丁度とは何ぼじゃ」。

「丁度とは丸く百にしたことを申します」

「うむ。百のことを丁度というか。それなら丁度で求めてつかわそう」

やっと商談は成立したが、侍がこの巾着を惣領《そうりょう》息子の土産にしようといったことから話は年齢のことになる。

「二人の子持ちとは見えませぬ。お幾つで」と聞くと四十二歳という。

そこでまた話が調子よく弾んでいく。侍のいうことには「同僚の中でも一番若いとみながいう。若い女子どもは身どものことを沢村宗十郎に似ておるなどと申す」とは。

今なら「ヨンさまに似ている」というところか（本書が発売される時までヨンさま人気が続きますように）。

ところで、と侍が今度は北に向かって「お手前は幾つじゃ」と聞く。

北「旦那、当てて下さい」

侍「えーと、二十七、八になるか」

北「いえ、丁度でございます」

侍「なに、丁度。あの百か」。北が、「いやいや、これです」と三本指を立てると、
侍「はあ、三百にしてはお前は若い」とは。オチは田舎侍の愚直さへの笑いである。

⓫ 面白ければニセ物でもいい

原

二編上

沼津の次が原の宿であることにも、二人は機嫌がいい。「飯も食わず沼津」をすぎたので「ひもじき原の宿」についたと狂歌を物する。「食わず飲まずに来たから腹が空いた」という駄洒落である。

そこで二人はそばを食うことになるが、太いそばだから食いでがあるとばかりに「もう一杯」という弥次。それを北が制して「無駄遣いはするな」というと、話はいかにケチをするかに移っていく。湯ならタダとばかり「湯をくれ」と注文しながら「あんまり熱くて火傷しそうだからソバを少し入れてくれ」という。

当時、風呂が熱いので沢庵を入れてくれという落語があったらしい。そのモジリである。さらに北「薬を飲むから湯をくれ」といい、「わしの飲む薬は汁が入った湯でないと効《き》かないから、汁を入れてくれ」。

一しきりの他愛ない話も、「腹すく」の宿での出来事である。

さて次は吉原。例によってここでも馬に乗れと馬方が寄ってくる。すると弥次「今まで乗りづめだから、これからはちょっと歩こう」と格好をつける。

しかし歩けば歩いたで、うるさい浪人が寄ってきて路銀をねだる。「いや俺たちは昨夜スリにあって一文なし。こっちこそ路銀がほしい」というと、浪人「それなら近寄るな」と現金である。

ついで登場するのは乞食坊主。小屋掛けで無心をしている。観音経を唱えて金をくれというニセ坊主の乞食があちこちにいたらしい。

そのお経が振っている。「妙法蓮華経、普門品」というまではいいが、「第始終忽多《ごった》闇」とは「第四十……」といいながら「始終ごったな闇」と文章が変ってくる。

そして「世間子息、大分遊興、毎晩三味線」と廓《くるわ》狂いの趣となり「音曲滅多無正《おんぎょくめったむしょう》、夜前大食、翌日頭痛八百、羅利古灰《らりこはい》、笑止千万」という体たらくとなる。

羅利古灰とは乱離骨灰《らりこっぱい》のこと。めちゃくちゃになる意味である。

とんでもないお経はまだ続く。

「近辺医者、早速御見舞、調合煎薬、呑多羅久多良《のんだらくたら》、腹張多《はらはった》心経、チイン〳〵」と。そもそもお経は観音経（妙法蓮華経、観世音菩薩普門品）から始まったはずだのに、最後は般若心経。「般若波《は》羅蜜多心経」を「腹張った心経」ともじったのである。

たしかに、元来梵語のお経が、一部漢訳されているといっても、それも教養に属すること、日本人はその棒読をほとんど理解して聞いてはいないだろう。唱える方もそれを承知で読んでいるとなると、何やらお経らしければよいことになる。

最初と最後がまことしやかならば、キセル経でも構わないという、痛烈な皮肉がこめられている。

現に北が「お経がおもしろいから寄進しましょう」というのだから、お経を有難がってはいないのである。

じつは先立って路銀をねだった浪人は優雅な謡曲「大江山」をうなって喜捨を求める。「桔梗、刈萱《かるかや》、割木香《われもこう》、紫苑といふは何やらん」と。

ところがこの芸では金をもらえなかった。浪人が伝える高尚な謡曲は大道芸にはならないのだが、一方乞食坊主がいい加減にいかにも経文らしく唱えれば、大道芸として成り立つ。

この裁定は、当時の大衆感覚へのみごとな観察といっていいだろう。侍の格調高いやまと言葉の教養は侍の身分を離れるとともに消滅する。一方見せかけでもみ仏の領分は、まだまだおもしろければ消え失せない。

それにしてもこの偽経《にせきょう》、四文字熟語が目立ちすぎる。昨今の四文字熟語ばやりが、じつはこんな程度だぞと、一九先生から見すかされているようで気がひける。

⑫ 雷と北八が落ちた話

蒲原

二編下

二人は蒲原の宿で木賃宿にとまる。そこで親娘づれの順礼と相宿《あいやど》となる。六十あまりのおやじと十七、八の娘である。

囲炉裏《いろり》を囲んで話が進むうちに、身の上話となる。老人が順礼になったわけを話す。

この娘は一人っ子の孫でござるが、変ったことで仏縁を結び申した。わしは日光の方じゃが、そなた方も聞いてのとおり、雷が多い。三十年ほど前のこと一夏じゅう雷が鳴り申してわが家の裏口に落ちた。すると雷どのが榎《えのき》の株でひどく尻を打って疝《せん》気が起きたと騒ぐことよ。そこで天竺へ帰ることもできないから、わしどもの家で養生している内に、恥さぁ申さねばならねぇが、雷がわしどもの娘と懇《ねんご》ろになって、お互い離れべぇ様子もおざないから、すぐに雷どもを婿にとったと思いなせぇ。そこで天竺の親方どのから夕立の時は手伝ってくれろと、夏じゅう頼まれて、行き申したが、上方さぁ稼ぎに行っとって、出たなりになった。あまつさえわしの娘は腹が大きくなっているし、案じおるまいことか。大方、どこぞへ落っこちて腰骨をぶん抜いて、患ってでもいるだんべいと思うばかしで、便りを聞くにも当てずっぽうだ。こりゃ何たることだと思っているうちに、友達の雷どのが来て、婿どのは熊野灘に落っこちて、鯨にすっぽり呑まれたとの話。やれさて悲しいこんだと、娘も泣きやる。わしもハァ、片腕もがれたように思いおりましたが、どうすべい、しょうことがない。その代りには娘が雷どのの種をはらんだから、鬼子でも産みおるべい。それに親雷の跡をつがしょうと楽しんで、何でも鬼の子を産むようにと、氏神さまに願《がん》かけて祈ったところが、因果なことに、生まれたるがこの娘でござり申す。そこでハァわしどもも力落として、これほど祈ったのに鬼は産まず、しかもこんなに五体満足な人間の子を産むというは、よくよくの因果だと諦めて、罪滅ぼしにこれを連れて順礼を思い立った。わしどもほど因果な者はないと思やぁ、話をするさえ胸がつぶれ申す。

と、滑稽無類の話だが、例によってこれも元になる話がすでにあるらしい。いつものように借り物だが、さて夜も更けてみなが寝静まると、北八、そっと寝床を抜け出して天井裏へはい上っていく。

男衆は下、あるじの老婆と娘は天井裏で寝ている。この娘の床にもぐり込もうという算段である。

ところがまっ暗。もぐり込んだのは老婆の床だった。驚いて目をさます婆。逃げ出す北。天井裏は天井板に簀《す》の子を張っただけのものだから、竹のとげに足をさして倒れたはずみに北は簀の子を踏み抜いて下へどっと落ちる。

しかも、落ちたのは仏壇の中だった。物音に目をさました男たちが灯りをつけて仏壇の戸をあけてみると北がいたという次第である。

驚くあるじに北が「小便をしようと起き出して道に迷った」というものだから「仏様へ小便をしやせぬか」と仏壇の中をのぞくことになる。

要するに雷が落ちた話の後は北が天井裏から落ちた話である。

日光の雷は娘を身ごもらせたが、北という雷は身ごもらせるどころか寝床を間違えた上に、もったいなくも仏様のところへ落ちた。

日光の雷も手伝いにいった後では熊野灘に落ちて鯨に食われたのだから、北が仏様の中に落ちることもあるし、むしろありがたい仕儀となった。

当時の読者には元の話を知っている者もいただろう。しかしその上に北の失敗話が重ねられると、話はもう一つ展開して、新たな笑い話となる。

弁償として北が払ったのは天井の修理代少々というから、話は重くない。

⑬ 歩きながらいびきをかく馬子

興津

二編下

宿りを重ねて二人が旅する間、作者が次つぎとくり出す小咄《ばなし》は、きりもない。

興津《おきつ》のあやしげな茶店に入ると黄粉《きなこ》をつけた団子を注文する。ところがじつは糠《ぬか》をまぶしたものと解って「どうりでざらざらすると思った。ペッ！　ペッ！」と吐き出して犬にやる始末。

江尻をすぎると馬子《まご》の語る話が主役。

大いに働かせて食べ物をやらなかったら馬が便所の屋根の藁《わら》を食べただの、酒屋のかかあは飯の中に壁のすさ（塗りこめる藁）をまぜて食わせただの。

そして傑作は次のような話だ。北八たちと道づれになった馬子が、馬を引きながら言うことには——。

昨日府中（いま静岡市）から江尻まで乗せた旦那がいい客だった。三百文で乗せたが、それじゃ安いから酒代を二百文足してやろうという。実際に飲む酒は別にこっちから買ってやるといって、小吉田の店でたらふく振舞ってくれた。

その上に旦那の言わしゃることには、お前は一日中馬を引いたのでくたびれただろう。これからは俺が降りてお前を乗せようと。これは何たること、俺ら乗るこたあ嫌だといっても、きかない旦那よ。

ぜったいに乗れといって、その上乗賃を二百やろうと言い、とうとう俺を乗せて江尻まで来ると、この先興津まで馬に乗りたいが、お前もくたびれたろうから、お前の馬に乗ったつもりでもう二百文やろうと言って下さった。あんなにいい旦那はめったにいないもんだ。あほらしいまでそらぞらしい話だが、そのあほらしさがいい。しかしもっといいのは、この馬子が乗せている旅人。馬の上で空《そら》いびきをかいたとか。「ゴウ〳〵」と。

あわてた馬子。「おい旦那あぶない。目をさましなさろ」

そこで目をさました旦那が、今度は語り出す。

馬がのろまだから眠くなった。昨日三島から乗った馬はよい馬だった。そして馬子もとんだ気のいい男だった。三島から沼津まで百五十文の約束で乗ったが、馬子が言うには、旦那こんなに早い馬に乗って今にも落ちそうだ。いやめったに居眠りなどできないと心配しておいでしょう。それが気の毒だから駄賃はもういりません、という。

それから三枚橋へ来ると、旦那馬の鞍で腰が痛みましょう、ちと降りてお休みなさい。酒でも上がるなら酒代はこっちでもちましょうと、馬子の方から百五十文くれて、沼津までくると「先の宿まで送って上げたいが、わしの馬は跳ねますから、外の馬を取って乗っていかしゃれ。駄賃は俺がさし上げましょう」と、また百五十文くれた。あんな気のいい馬子もないもんだ。

話が単純にさっきの話と裏がえしになっているところが、しっぺ返しをむき出しにしていて、かえっておもしろい。

しかしもっとおもしろいのは、これまたさっきの客のいびきを裏がえしにした結果、話の中で「この馬を引く馬子、歩きながら『ゴウ〱ムニャ〱』というくだりだ。人間、歩きながら眠るわけにはいかない。しかるに歩きながら「ゴウ〱」とは、どこまで人を食っているのか。

じつは膝栗毛にちりばめられた笑い話が、大方がすでにあるものの利用であることは研究者によって指摘されている。

それを知ると私など一九の研究熱心にむしろ感動する。エンターテイナーに徹しようとした一九。

笑い話のおもちゃ箱をひっくり返したような賑やかさも、膝栗毛の名作たる所以の一つである。

⑭遊廓での三々九度とは

府中

二編下

府中・静岡に着いた二人がまっ先に目ざしたのは、二丁町といわれた安倍川遊廓である。馬に乗っていくだの、安倍川弥勒《みろく》の手前、通り筋から少し引っこんだところに大門があるなどと、作者一九も丁寧なガイドもどきのサービスぶりである。

当時の読者もガイドを期待していたのだろう。そういえば、現代の旅行案内も中心は歓楽スポットである。

何やら情ない。

大門の中は、雑踏が御開帳の時の人ごみと変らないほど繁昌していて、やくざな男たちが大道を闊歩したり、女郎をこき下して廻るのも今の繁華街と似ている。

さて二人が目当ての女郎をきめて店に上がると、それぞれ「お定まりの盃」をすませる。真似ごとながら祝言《しゅうげん》の三々九度をするのである。

ところが話はこれを伏線として展開する。

まず女郎の小間使いが「他の座敷に馴染みが来て呼んでいます」と告げる。「いま、行きますに」と女郎。

片やもう一人の女郎は小間使いに聞く。「私の馴染みはお見えか」と。小間使い「いんね」。二人の女郎はたった今、折角弥次・北と祝言したのに、もう別の男の話になる。どうも、こんな真似ごとと現実との間に、遊廓の正体があるらしい。そうこうする内に隣りの部屋が騒々しくなり二人が襖《ふすま》から覗いてみると、一人の遊び客が大勢の女郎にとり囲まれている。

女郎「お前は他所へ入りびたっているから常夏《とこなつ》さんが腹を立てるのも無理はない」

常夏とは、ここの姉さん格の同輩らしい。

男「急用でおとといも昨日も来られなかった。そりゃはい、伯父の付合で他へは行ったけど、常夏姉えとは申し交わしたこたァあるし、日天さまかけて、まずい心はおざらない」

しかし言いつのる女郎たちに「そんな事はない」と言いながら、男はしおれ返っている。

そこへ姉御様の常夏が入って来る。

常夏「こんなに顔の立たぬことをされたのでは仲間に顔向けができない。お前のような性根《しょうね》の悪い客は見せしめのために私がすることを見さっしゃいませ」と、逃げまわる男を女郎衆がおさえ、剃刀《かみそり》で客の髪の毛をそり落とした。

ところが客はじつは禿《は》げ頭。髷《まげ》や鬢《びん》に松やにで付け髪をしていたからつるつる頭になった。頭をなで廻して「もう他には天照皇太神宮《てんしようこうたいじんぐう》さまかけて、行かない」と誓って、やっと付け髪を返してもらえる始末。

それでも「やあまだ足りない」「もうこれしかない」「まだ片方の鬢の毛がないか、探してくれ」「これか」「それだそれだ」と問答した揚句、髷先を横向きにつけて「やれやれ、えらい目に遭った」と溜め息をつく。

じつはこの一件、決まりのお仕置きだった。廓の掟《おきて》として馴染みの女郎に内緒で他へ通う客には、髪を切ったり顔に墨を塗ったりして、女郎たちがリンチを加えたという。

そこで夫婦《めおと》固めの盃も生きてくるというものだが、それでは、早々と他の客から呼ばれているだの、他の客はまだ来ないかだのといった会話が成り立たないはずだ。

そんな本音と建前の矛盾をからかうのが作者の狙いだろう。

江戸時代、夫を主人として妻が仕える儒教社会では、対等の関係であるはずの男女の恋愛は成り立たない。

恋愛は遊廓にしかなかったという名論文がある。そこに夫婦の盃もあるし、また真似ごとの盃が、遊びにすぎない儚《はかな》さもある。

この段のおしまいを、「かくて一炊の夢さめて」と一九が締めくくるのも、儚さの暗示のように思える。

近松や西鶴は深刻な悲劇として遊女との恋を語ったが、一方一九は、一九なりに疑似恋愛をこのように揶揄したのである。

⑮ とろろの宿の夫婦げんか

丸子

二編下

昔は列車が駅につくたびに、それぞれ工夫をこらした駅弁を売りにきた。今も新幹線の中ではいくつかの名物を売りにくる。

それと同じで膝栗毛の眼目の一つに各地の名物の紹介がある。小田原のういろう、新田の蒲焼、倉沢のアワビ・サザエなどである。

中でも丸子《まりこ》の宿のとろろ汁は名物中の名物の一つだろう。読者は主人公の旅行にともなう風景の変化とともに、名物の登場にも期待し、いっしょに味を楽しんだにちがいない。

とろろ汁自体がおいしいというよりは、名物を食べたということで堪能するのであろう。かくいう私も、丸子でとろろ汁を食べたいと思い、念願をかなえたことがある。

さて一九も、丸子でとろろ汁を食べさせる。

ところがそこで夫婦げんかがおこる。客を迎えて大いそがしの亭主が大声でよび立てると現われた女房、髪はばさばさ、背中に赤ん坊をくくりつけ、藁ぞうりを引きずっている。

「弥太とこのおババと話をしとったに、うるさい人だ」

「ほらお膳を二人前こしらえろ。それ前垂れを引きずってるぞ」

「箸を洗ったのを知らないだろ」

女房も遊んでいたわけではないらしい。

「知るものか。それ箸をよこせ」

「これかい」

「いや箸でいもがすれるか。すりこ木のことだ」

といったぐあいにどなり合い、あげくには亭主がすりこ木で女房をなぐりつける。まけていない女房、すり鉢を投げつける。そこら中がとろろだらけになり、なぐろうとすると亭主はすべってころぶ。負けじとつかみかかる女房もすべる。あわてとんで来た向かいの家の女房も仲裁しようとしてまたころぶ。

犬も食わない夫婦げんかという。この泥仕合を文字どおりとろろげんかに仕立てた点がおもしろい。単に名物を食べた、まずかったなどという話より、一頭地を抜いているだろう。

弥次・北の二人は「こいつは始まらねえ」と店を出て先をいそぐこととなる。そして一首の狂歌をよむ。

けんかする　夫婦は口を　とがらして　鳶《とんび》とろろに　すべりこそすれ

上出来のまとめである。口をとんがらせて夫婦げんかをする。その「とがらして」「鳶」という語呂合わせをする一方、「とろろ」と鳶は鳴く。それを、とろろ汁とかけた。

研究者によると、この地方のことわざに「鳶はとろろのお師匠さん、烏は鍛冶屋のかねたたき」というものがあるという。

鳶が空でとろろと鳴きながら輪をかくように、とろろをすれという意味だという。烏の鳴き声のように、鍛冶屋も鉄をうてというのだろうか。

この「鳶とろろ」のダブルミーニングの上に、結局は「とろろにすべ」ったという。けんかする夫婦がとろろ汁にすべったというわけである。

まったくみごとな言葉のしゃれにまとめられたことになる。

名物の食べ物のはずが、犬も食わない夫婦げんかの話となり、なるほど二人も食べずじまいになった。

その上に鳶が輪をかく、のどかな姿に「とろろ」を消化してしまったのだから、『膝栗毛』のユーモアも、一筋縄でいかないところがある。

東海道中膝栗毛◎

三編

（岡部～新居）

歌川広重『五十三次名所図会』より「島田」

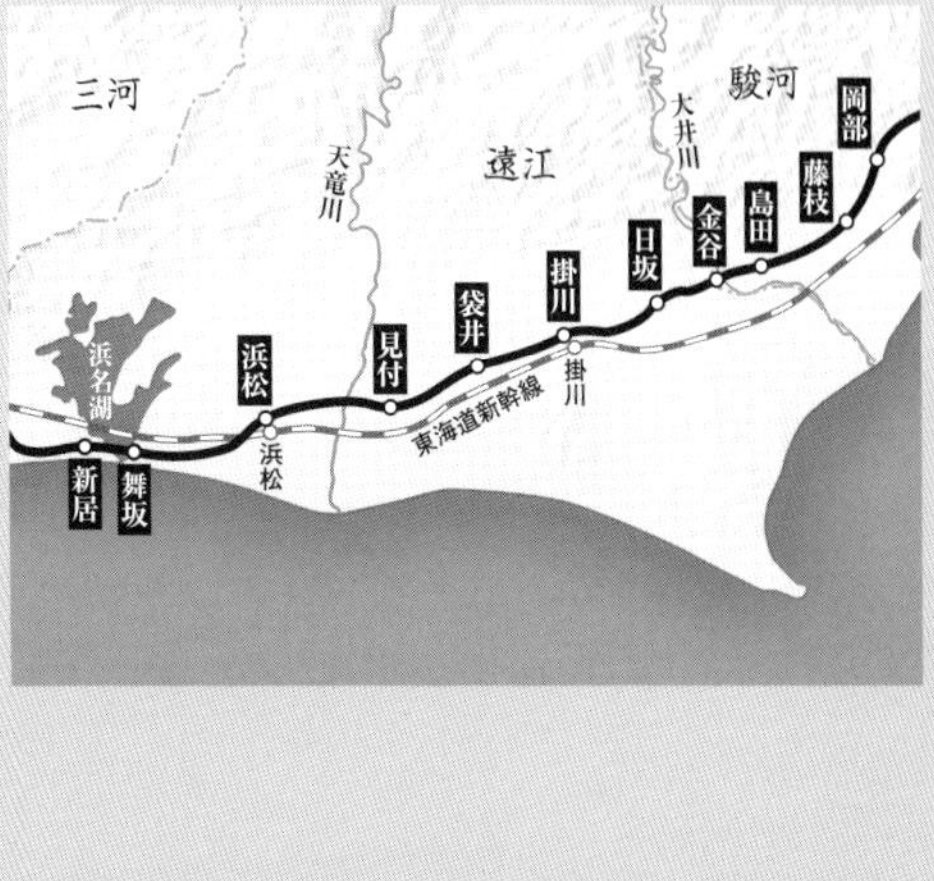

⑯ 江戸風を吹かせた結末

藤枝

三編上

藤枝の宿の入口で、ちょっとしたハプニングが起きた。土地者のおやじが跳《は》ねた馬に驚いた拍子に北八にぶつかり、北八が水たまりにころげこんだ。

さあ例の北八だからカーッとなって「目が見えねえか寒烏《かんがらす》の黒焼でも食らえ」と怒鳴る。これは眼病の薬である。おやじが詫びても収まらない。

「これでも生まれた時から金の鯱を睨《にら》んで産湯《うぶゆ》から水道の水を浴びた男だ」

もちろん江戸城に金の鯱はないから誇張である。要するに花のお江戸の生まれ、だから産湯も水道で使ったという次第である。水道という文明が都会者の自慢の種であったことがおもしろい。

ところがおやじ「水を浴びたのならよいが、あんたのこけたのは馬の小便だまりだ」と事情の説明に、これ努める。その上「わしも馬に突っぱねられたのだから堪忍さっしゃい」というから北はますます頭に血がのぼる。

「酒顛童子が金棒引いて来ようが、雨降《あふり》神社の石尊権現《せきそんごんげん》さまが、隈《くま》どりもすごい猪熊《いのくま》入道の似顔を画いた提灯もって、長屋の路次口から溝板《どぶいた》ふんで、体をかがめて来ようが、オレはきかねえ」

「浅草の観音さまの仁王門にいる久米の平内の石の像をよこして、座りこんで頼んだって、オレはびくともしねえ」

酒顚童子だの石尊さま、そして久米の平内だのは当時有名な強力者や江戸の名物、歌舞伎で評判の豪の者だったらしい。だからその世界ではピンと来るが、所変れば何の意味もない。ましてや溝板ふんで来るとは当時の長屋での、正式で丁寧な礼儀だったというから、長屋自体を知らない人間には、何のことだか皆目見当がつかない。

おやじの方は「何か、しち難《むずか》しいことを言わしゃる」というしかない。

その上、こちらも名主をつとめた家柄。代官さまの年賀では上席に座る者だのに、そんなに雑言《ぞうごん》するこたあ「ござんないヤア」。

そういわれるとますますいきり立つ北。「えい。悪いしゃれよ。尻がかゆいわ。頭をぶち割って、かけらでも拾わせてやろうか」

もうおやじは嘆息まじり。「やれやれ。わしも荒神さまがついていなさる。雑言もいい加減にしときなされ」

「このすりこ木め」とつかみかかる北を、弥次がやっと止めて、北はふくれ面、おやじは不承ぶしょうに立ち去って、一段落ついた。

ところが何と、やって来た瀬戸の町はずれの茶屋におやじが休んでいるではないか。そして、しきりに詫びる。

「さあさあ、了簡してくれた礼に一杯」といわれるとついついその気になる二人。奥で呑み食いたっぷり馳走になった。北いわく、

「弥次さんあんたはおいらがあのおやじをいじめたからこそ、こうして相伴にあずかっているのだ。お前の割り前をおいらに寄こせ」

　鼻唄も出る。

「きたさの〳〵讃岐の琴平《こんぴら》、たかが高瀬の舟頭の子じゃもの」

「えヽヽヽ山にきっころばした、松の木丸太のよ（う）でも、妻と定めたら、まんざら憎くもあるまいし」

　これは盃をさし合う時の囃《はや》し唄である。

　しかしさて、途中厠《かわや》へ行ったはずのおやじが一向に帰って来ない。あわてて女中に聞くと、もう店を出たという。もちろん払いはまだ。外へ飛び出してみたが行方知れず。

　みごとに仕返しに遭ったのである。「おやじは近在の者、脇道へ入ったか行方が知れない」という一節がすべてを語っているだろう。

　都会ものには軽率な一人よがりが身についていたが、田舎ものには荒神さまがついていた。都会にいるだけで自分まで偉いと思いがちな江戸ものが、お江戸をかさに威張ってみせても、地道な田舎ものにはしっかりと逆襲されるだけだったのである。

⑰大井川、ニセ侍騒動

島田

三編上

何やかや、にぎやかに東海道を上ってきた弥次、北の二人がやってきたのは島田の宿、これから大井川の川越しである。折しも川止めがあけた時、川越し人足が旅人を狙っている。

「いくらだ」

さっそく値段の交渉に弥次。

「八百文ください」と人足。

「とんでもない。それならいっそのこと自分で渡るわい」

「そりゃ安上がりだ。土左衛門になったら首に二百文つけて寺へ送る習慣ですから」

もういい。問屋にかけ合って、きちんとした値段で渡る、とすぐに短気をおこすのが二人である。

しかしこのまま問屋へ行っても仕方がない。「おい、北。お前の脇差をかせ」といって弥次は二本差しの侍になりすます。

といっても同じ脇差二本をさしても大刀・小刀にはならない。一本は鞘だけ刀身から長く引き出して大刀のように見せかけた。

そのいでたちで問屋に乗り込んだ弥次。肩で風を切って川越ししたいという。

「へい。総勢何人さまで」

と聞かれると乗馬が三疋、駄馬が十五と答える。

「ただし、これは江戸において来た。だが駕籠《かご》かきの人足が八人いる。その上供侍《ともざむらい》が十二人ほか全部で三十人。もっともこれも道中、ハシカをして残して来たから、今は二人じゃ」

「それでは蓮台で四百八十文では」

という問屋を弥次は値切りにかかる。

バカにする問屋。

「武士をバカにするとは何事」と怒る弥次。ところが「あんたが武士か」と笑われてふり返ると、刀身なしの鞘が柱につっかえて二つに折れている。

問屋から「折れた刀をさすのが流行するのかい」とからかわれると、「いや、身どもの祖先は三尾谷国俊《みおのや》だから折れた刀をさすのだ」と弥次の居直るのがよけいおもしろい。

三尾谷国俊（正しくは国時）は勝負中に刀を落とされた故事で有名な男。それが祖先だから子孫も折れた刀をさしているのだというこじつけは抜群におもしろい。

問屋を追い出された二人、結局、安蓮台を探して川越しをすることとなる。

さて、失敗はいつもの事だが、この度は侍の権威をかりそこねた喜劇である。たしかに侍は威張っているが、それなりにとかく出費がかさむ。何しろ刀だって二本必要である。

その辺の物入りはさておいて、権威だけをかりて安上がりにしようとする思い込みちがいが、読者を笑わせる。読者だって、何十人の供揃えや馬がいてこそお侍なのだと納得するだろう。

しかし一方、こんなにすぐニセ侍を思いつくほどに、武士階級も庶民にしたしいものだった。ニセ侍はよく江戸時代の書物に登場する。バレない場合もある。

江戸時代の身分制度が、そんな自由さをもっていたことも、膝栗毛のような、生命力旺盛な庶民文学が誕生する母体なのである。

一つの話芸といったものを楽しむのも、当時の読者のよろこびだっただろう。

主人公自身が話芸のうまさで失敗を軽々と飛び越え、まるで次の喜劇に楽しく出発するように旅をつづけていく。

一枚一枚、失敗ばなしの紙芝居を見せるためには、道中記はうってつけの舞台だった。

⑱金谷での地獄極楽問答

金谷

三編上

やがて二人を待ちかまえるのは大井川の濁流だが、一九先生、そこはさらりと越えさせてしまう。そしてたった一句、例の狂歌で、

蓮台《れんだい》に　乗りしは結句《けっく》　地獄にて　降りたところが　ほんの極楽

としゃれる。川越しの蓮台を極楽への蓮台と見れば川越しが極楽だのに、川の恐ろしさはじつは地獄。だから渡りおえて蓮台から降りたところがむしろ極楽だという逆説である。なるほど、蓮台をうまく取りこんだところが、気が利いている。

ところがこの狂歌は、さらに先がある。

川越えをしたところは金谷《かなや》。すぐに駕籠《かご》かきが寄ってきて離れない。雨も降ったり止んだり。仕方なく乗ると、駕籠も屋根にござ一枚をかけて、出発である。

途中、菊川の坂にかかる。すると通りすがりの順礼二、三人が寄って来て「この中へ、たった一文」と金をねだる。北八、

「ええ、寄るなと言うに。べらぼうメ」

と怒鳴ると順礼も、負けていない。

「この中に篦棒《べらぼう》が入るもんか。そっちがべらぼうだ」

べらぼうの語源は、はっきりしない。しかしこの江戸の罵倒をヘラの棒と転用して、この中にはヘラ棒など入らない。ヘラ棒はそっちの持ち物だと、毒づいたのである。卑猥《ひわい》な順礼、本物かどうか、わかりはしない。

いや一本とられたばかりではない。「この乞食メが」と力んだはずみに駕籠の底がすっぽり落ちて、北八、どっさりと尻餅をついた。痛がる北八。面白がる順礼。驚いて気づかう駕籠屋。

「手前たち、なぜこんな駕籠に乗せた」

「許さっしゃりませ。他意はありません」

「どこぞで、いい駕籠借りて来さっし」

「こんな坂の途中で借りる所はござらない」

しかし「いや、よかことがある」と、駕籠かきは何か思いついた様子。相棒に「お前のふんどしを外せ」といい、自分のふんどしも外した。

そして相棒が外したふんどしと二本で駕籠をぐるぐると巻きつけて、

「さあ、乗ってござれ」

「とんだ事をする。これで乗れるか」

「はて、他には手がない。そのかわり眠くなっても、このふんどしで落ちることはない。不承知でも乗らっしゃいませ」

　仕方なく北八は乗ったものの、弥次のいうことがいい。

「ははは、こりゃお武家の葬式だ」

　当時、死者を町人は棺で担ぐか、輿《こし》に乗せて運んだが、武士は駕籠に乗せて野辺送りした。その駕籠に白い布をかけるのだから、鄭重なおとむらいだ。しかも北八、お武家さま扱いなのだから、もって瞑すべきである。

　そこで一九先生、さっきの狂歌を思い出してほしかったにちがいない。蓮台に乗っているときは逆に地獄で、降りたところが極楽だったといってみたものの、やっぱり降りたところで葬式扱いをされてしまったのである。

　この先、北八の行くところが、極楽であるはずはない。しかもお武家扱いといっても、実際はふんどし駕籠だ。どこまでもついていない北。

　いやいや、まだオチはついていない。北がこうやってブツブツと言うから、弥次「物を言うから仏でもねえ。こいつは聞こえた罪人だな」。

　罪人は唐丸駕籠という丸駕籠に縄をかけて護送されたからだ。

「ええ、いまいましい。歩いて行こう」と駕籠を降りてやっと北はほっとしたようだから、一編の地獄極楽問答、やっぱり大地を踏みしめて行くのが、極楽だということらしい。

⑲死んだ女房を呼び出した一夜

日坂

三編上

日坂《にっさか》の宿につくころ、雨はしだいに激しさを増して、ここの宿に泊ろうということになる。部屋に入ると奥に口寄せの巫女《みこ》がいた。婆と娘の二人。生者も死者も、その霊をよぶ職業の霊媒者である。

さあそこで弥次は神妙なことを言い出した。

「おいらが『山の神』を寄せてくれ」

死んだ女房を思い出して樒《しきみ》の葉に水をかける弥次を前に、巫女が神おろしを始める。ところが出て来たのは、まずは母親。しかも父親が出るのが筋だが「わが亭主は俗世にいた時精進《しょうじん》が嫌い。魚は骨まで食った報いで、今は牛鬼になって地獄の門番をしているので暇がない。だから、わしが出た」。いや出てほしいのは「山の神」だといって、やっと本番登場となった。これは口寄せの勿体ぶりか。

さあ、出て来た山の神。「あつかましくもよう出てくれと言えたもんだ。お前のような意気地なしに連れ添うて、わしは一生食うや食わず。寒くなっても袷《あわせ》一枚着せてくれたことはない。冬の寒中でも単衣《ひとえ》一つ。ああうらほしや」。恨めしいというところを、単衣だったから着物の裏がほしいともじるとは。あの世でもダじゃれがはやるらしい。

「堪忍してくれ。おれもあの時分は工面が悪くて可哀そうに苦労のままに死なせたのが遺恨だ」

よこから北がチャチャを入れる。「おや弥次さん、お前泣くか。ははは。こいつは鬼の目に涙だ」

しかし山の神は言いつのる。

「忘れもしねえ。そなたが梅毒にかかった時、わしは生憎《あいにく》疥癬《ひぜん》かき。兄弟はよいよいで体がぶらぶら。たった一人のわが子も脾《ひ》と胃の病いで痩せこけ、骨ばかり。米はなし借金とりは取りたてる。家賃もとどこおっているから、路地で犬の糞にすべっても、大家に文句も言えねえ」

「もうもう言うてくれるな。胸が裂けるようだ」

「それにわしがせっかく奉公してためた着物もそなたゆえに質流れになったが悔しい」

「その代り、てめえは結構なところへ行っているだろうが。おれはいまだに苦労が絶えない」

「何が結構であろう。お仲間のせわで石塔は立てて下さったれど、それなりで墓参りもせず、寺へ付け届けもして下さらねば、無縁仏同然で、今は石塔も塀の下の石に使われているから、時折り犬が小便をしかけるばかり。ついに水一つ手向けられたことはござらぬ。ほんに長死《ながじに》をすれば、いろいろな目にあいますぞや」

長死とは絶妙である。

「もっともだ。もっともだ」

「こんなに辛い目にあいながら、草葉の蔭で、そなたのことを片時も忘れぬ。どうぞそなたも早く冥途へ来て下されやがてわしが迎えに行きましょうか」

「やあ、とんだことをいう。遠い所を必ず迎えに来るにゃ及ばぬ」

「そんならわしが願いをかなえて下され」

「おお、何なりと、何なりと」

「この巫女に銭をたんとやらしゃりませ」

　これは口寄せのいつもの手段なのだろう。

　この締め括りで「山の神」はまた冥途へ戻っていった。

　滑稽ずくめの道中にも、こんな一こまがあるのは、作品の幅というものか。

　ところがこの後がある。娘巫女と間違えて北八が入ったのは婆巫女の布団。気づかぬままに婆巫女と仮りの契りを結んで寝込んだところへ、これまた娘の布団と思い込んだ弥次が入ってきて、唇を合わせてみると北の唇。「きたねぇ、ぺっぺっ」と唾を吐く弥次を、契り合った北と間違えた婆が、放さない。「この年寄りをなぐさんで逃げるとは何事か。朝までここで寝やしゃりませ」

　一九先生、やっぱり湿っぽいのはお嫌いのようである。

⑳ 座頭をからかった報い

掛川

三編下

日坂の峠を越えた二人を待ち受けていたものは、またしても塩井川の川越しである。もっともいま掛川市にあるこの川は雨で橋が流されてしまっていたからであった。

みんな、裾まくりして、歩いて渡っている。その中に二人づれの座頭がいる。犬市と猿市という名前もおかしい。

彼らは石を川に投げこんで、音によって「どうやらこの辺が浅いらしい」と思うところを渡ろうとする。しかし何も二人とも歩いて渡ることはない。ジャンケンをして、まけた者が相手をおぶればいい。

まけた猿市しかたなく背中をさし出す。

ところが横から、弥次がさっと背中に乗った。成功。一方、残された犬市は早くしろとわめき立てる。

「折角渡してやったのに、また戻っておれをなぶり者にする気か」と怒るが、猿市しかたなく戻ってくると、今度は北がひょいと背中に乗る。しかし岸から一段とよび立てる犬市の声でやっと真相に気づいた猿市、北をざんぶと川へふり落とす。

二番煎じが失敗するのはこぶとり爺さんでも花咲か爺さんでも同じである。読者はそんなパターンになれているから、安心して心から笑える。

さて掛川の宿へ入った二人、ふと見るとさっきの座頭が茶店で酒を飲んでいる。横にすわった北、座頭が飲みさしの猪口を下へおくと、さっと飲んでしまう。「おや、こぼしたか」と気づかない二人に、また猪口の酒を飲みつづけるばかりか、あげくの果てには銚子の酒を自分の茶碗についでしまう北。

座頭が「わしらの目が不自由だからと、からかう気か」と亭主にくってかかるから大ごとになる。

そこで横から見ていた子守りが北が飲んだと知らせる。

あわてて茶碗を飲み干す北。しかし茶碗が酒くさいと切り込まれる。

おまけに顔も赤いと亭主に追及される。「いや茶に酔うこともある」という言いわけもきかない。とうとう北は酒代を全部はらうことになる。

酒に酔うことも「ちゃばかりながら、どなたもちゃよふ」。

「はばかりながら、どなたもさよう」とダジャレをいって、ごまかすしかない。

いつもながらの喜劇だが、座頭の目の不自由ばかり頭にあって、逆に嗅覚が鋭いことを忘れていたところに失敗が生じた。

さっき、石を投げて浅いか深いかを鋭い聴覚ではかったくだりは、そのことの伏線であった。

そしてまた、当人は見えなくても、他人の目がいつもあることも、北は忘れていた。その目もいまは子どもから投げかけられる。しかも猿市は「子どもは正直だ」といって北を責め立てる。むかし中国の聖人は、街で子どもの歌う声をきいて、政治のよしあしを判断したという。

それにしても、弥次・北は一度失敗したのにまた懲りずにだまそうとした。この悪のりが、いっそう痛棒をくわされることとなった。

しかし、こうして必ず悪ふざけが失敗しているところがかわいい。アハハと笑って痛棒を頂戴しているから、読者にとって二人はいつも愛すべき主人公でありつづける。

そして二人の失敗につき合うことで、読者は少しずつ、かしこくなっていく。

東海道中は庶民が人生を学習していく、教育のプロセスにもなっていたらしい。

㉑ 遊廓通いの虚勢

袋井

三編下

袋井《ふくろい》の宿を出はずれたところで二人は上方の、大店の主人らしい男と道づれになった。このころ桟留《さんとめ》とよばれた、インド・サントメから輸入された織物を着て、脇差しは銀仕立て、水色の羅紗《らしゃ》の紐をつけた合羽を着込んだ男である。供ひとりを連れている。

ことばを交わす内に、話は遊廓のこととなった。男が聞く。

「吉原へもちょこちょこ誘われて昼三《ちゅうさん》の遊女も買うたが、いつも振舞われたので値段を知らぬ、あれはなんぼほどかかるぞいな」

昼三とは最高級の遊女のことである。

「わっちは女郎買いでは地面の五つや十は無くした者だが」と大きく出て弥次が答えはじめる。

しかしどうも、答えが怪しい。

芸者が一組で一分、そして一斤《きん》一斤でもとれば、二百ずつかかる、というと上方の男「はて一斤とは何のこっちゃいな」という。酒と肴の一揃えずつのことをいう品川遊廓のことばで、高級な吉原では使われていなかった。

弥次が「内の酒が飲めねぇ時に外から取り寄せる酒のことさ」というと「そんなことはわしがいった時には無かった。それに飲めぬ酒など出しやせん」と男。それでも弥次は「飲める酒でも飲めねぇといって別にとるのが江戸っ子の気性さ」と引き下《さが》らない。

また上方男が「上方ではみな借《かっ》て戻るが、江戸では現金払いじゃそうな」というのに、「江戸でもつき馬をつれて帰れば、いくらでも貸してよこしやす」と弥次が答えると、ついに上方男は吹き出してしまう。「つき馬」とは客の家まで付いていって金をもらってくる者のことだ。

「ハハハ、つき馬とは店の職人衆から話で聞いた。昼三買いにはありゃせんわいな」

「なに、無えことをどうして言いやしょう」と弥次が力むものだから、「そんならなじみは何屋じゃ」と問われ「大木屋さ」と答えると「大木屋の誰じゃいな」とつっ込まれる。

「とめの助よ」

「ハハハそりゃ松輪屋じゃ。お前、とんとやくたい（滅茶苦茶）じゃ」

ついに弥次の化けの皮がはがれてしまう。弥次、昼三どころか女郎買いそのものにも行けなかったらしい。

しかし、この話の先行きがなかなかいい。

「ハテ、あそこにもありやす。なあ、北八」と北に救いを求めるが北は「え丶、さっきから黙って聞いていりゃ弥次さん聞いたふうだぜ。人の話を聞きかじって言いたい放題。外聞の悪い。国ものの面よごしだ」といきまく。北がウソに加担しないどころか面よごしだと正義の味方をするから、話が陰湿にならない。

そこで、二人の喧嘩が始まる。

「行かねぇものか。お前を葬式の帰りにつれていってやったじゃねぇか」

「なるほど下級女郎を買う金はもらったが、途中の酒代は俺が払った」

「うそだ」

「うそなもんか。お前はさんまの骨を喉に立てたじゃねぇか」

「お前こそ甘酒で火傷したことを言わずに」

「それよりかお前は土手で財布が落ちているといって、犬のくそをつかんだじゃねぇか」

しかもこの喧嘩、上方男の前でくり広げられるから、男はあきれ返る。

「ハハハ、お前がたはとんとやくたいな衆じゃわいな」

恥も外聞もなく、言いたい放題に言うだけの、他愛もない江戸者が二人である。

とくに遊女の名を問いつめられると弥次が「ハテ、あそこにもありやす」と急におらしくなるのも可愛気があるし、上方男が去っていくと「いまいましい。うぬ（お前）らに一番、へこまされたハハハ」と笑ってオチになるのもからっとしている。

一九先生、いたるところで江戸者を笑うのは、笑いが単純すぎませんかといいたくなるが、江戸者の底抜けの明るさが、かえって話に活気をあたえていて、健康的である。

㉒ 幽霊が出た雨夜

浜松

三編下

浜松の宿、弥次があんまに体をもませていると、念仏の声が聞こえてくる。しかも百万遍《ひゃくまんべん》といって、大きな数珠《じゅず》を回して繰《く》り、鉦《かね》を叩いて称号を唱える念仏である。

そのわけをあんまが語る。

弥次がさっき見かけた女は気がおかしくなった者で、もと下女だった。むかし、亭主がふと手をつけたところ、かみさんがひどいやきもち焼きで、ぶつは叩くは、とうとう追い出してしまった。それを不憫《ふびん》がった亭主が他所に囲っていたのをかみさんがまたやかましくいって、しまいにはかみさん、気が違って首をくってしまった。すると亭主はそれをいいことに女を家に入れたものだから、その晩からかみさんの幽霊がとっついて、今度はあの女が気がおかしくなって、あのように毎晩百万遍を繰り返しております、と。

あんまはひそひそ声。弥次も北も達者なのは口ばかりで根は臆病ものだから、むきになって「うそだ」というが「うそじゃおざらぬ。毎晩屋根の上に白い物が立っているのを見たものがおざります」。

その上、「かみさんが首をくった時の顔色は、まなこをくるりとあいて、青洟《ばな》をたらし歯を食いしばって、そりゃ生きているような顔であった」。

「そりゃどこで」

「お前の後ろの縁先で」

となると、もう北など首筋がぞくぞく。雨もしょぼしょぼ降り出すし、「今夜はきっと出そうだ」とあんま。

鉦叩きの音で一段と気も滅入る。あんまから「ええ臆病なお衆《しゅう》だ。ハハハ」と笑われても仕方ない。

あんまが帰った後で「いっそのこと宿を出ようか」と考えても、もう今の話で夜道が歩けない。

広いばかりで薄気味が悪い家だと思っていると天井をねずみが走り廻り、チウチウと小便をしかける。弥次、

「俺は小便を我慢しているのに、ねずみがうらやましい」

おまけに何か足にさわる物がある。と見ると猫。

ニャアンと猫、シッシッと弥次。折しも鉦の音チャアン。ポタリポタリは軒の雨だれ。その上迷子を探す声や鉦の音が遠くから聞こえる。長太やぁーい。チャチャチャチャチャンー。

二人はふとんにもぐり込んで、生きた気もしない。

「弥次さん生きているか」

「なんまいだ。なんまいだ」

寒気がすると、もう小便はこらえきれない。仕方ない。

「雨戸を開けてやらかすべい」

思い切って雨戸を開ける。と、庭の隅に白い物がふわふわ。腰を抜かした弥次、きゃっと座敷に倒れる。

騒ぎを聞いた亭主がかけつける。

亭主「あれは繻絆《じばん》でおざります。おさんや、なぜ干し物をとり込まぬ。雨もばらついてきたのに、仕様のない女どもだ。こりゃ、お気の毒でおざります」

しかし弥次のいうことがいい。

「ナニサ、わっちらァ、こわいということたァしらねぇものだが、なぜか今夜は、虫の居どころが悪かったそうな」

いつもながらの空いばりである。

亭主の浮気がもつれて幽霊ばなしになるのは、どこにでもある。あんまの揉み話にそれが出てもさほど面白くないが、それをネタに口達者な臆病者を十分こらしめてやった作者の趣向が、読者を笑わせる。

しかし一九先生の腕の冴えは、ここでも狂歌にある。

幽霊と　思ひの外に　洗濯の　繻絆ののりが　こわく覚えた

幽霊だと思ったのは糯絆だったのだが、糯絆の糊《のり》の方が、百万遍の法《のり》より強《こわ》かったという一首だ。

念仏の声は御利益どころか陰々滅々、幽霊の怖さの方に加勢した。法は糊になって糯絆を固め、弥次に腰を抜かせたのだから、二人はついていない。それにしても、これも「虫の居どころ」らしいのだが。

㉓ 海上で暴露した刀の正体

舞坂

三編下

東海道も浜名湖まで来て、旅路は船旅となった。といっても舞坂《まいさか》から新居《あらい》までの一里である。

旅人を乗せた乗合船は、最初のしばらくこそ雑談に花が咲いて賑やかだが、やがてはみな話し疲れ、柳行李《ごうり》に肘《ひじ》をついてウトウトする客がいたり、黙然と風景に見入る者がいたり。

ところが客の一人、五十がらみで、ひげもじゃ、垢で黒くなった着物をきたおやじが、急にそわそわし出した。そしてうたたねの客の膝の下をさぐり、薄べりを持ち上げ、しまいには弥次の袖の下まで探し始めた。何か物をなくしたらしい。

袖までさぐられては弥次が黙っているはずはない。

「貴様、ことわりなしに人の袂《たもと》をさぐって、どうした」

「はあ、ちとばかり、失くならしたものがござるから」とおやじが答えるから「なくしたものは煙草入れか」ときいても「インニャ」。銭《ぜに》か金《かね》かときいても「インニャ。もうよい」。

おやじは答えたがらないが、あまり弥次がきくものだから「そんなら言いますべい。みんな、びっくりさっしゃりますな」。

とはいうものの、それでも何を失くしたのか、聞き出すのにさらに時間がかかる。もちろん、こうして読者に気を持たせるのも作者の計算ずくである。やっとおやじが言った失せ物とは「アイ、蛇が一匹なくなり申した」。

さあ船中大さわぎ。総立ちになって探すと板子《いたご》の下にとぐろを巻いている。と思う間に明荷《あけに》※の下にはいり込む。やっとつかまえたおやじが、また懐にしまい込んで幕となった。

しかし客は安心しない。北が「またはい出すから、海へうっちゃってしまいなせえ」という。しかしおやじが、そうできないわけを話し出すと、事情はこうだ。

「わしは金毘羅《こんぴら》参りをする者だが、道中、路銭《ろせん》が尽きて、途中で蛇を拾ったのを幸い、蛇遣いを見世物にして一文ずつ貰っている。コリャアわしが、商売の種《たね》でござるわ」

それでも北は承知しないで捨てろという。おやじもいやだと負けていない。ついに北とおやじは取組み合いとなるが、蛇が懐から首を出すものだから北がひるむ。弥次が加勢してきせるでおやじの頭を叩くと、おやじよけいに腹を立ててつかみかかる。そうこうする内に、また蛇が袂から落ちて、のたうち廻る。

蛇の頭を北が自分の脇差の尻で押さえると、蛇は鞘《さや》に巻きついてくる。それを北が海に放り投げようとする。

と、そこまではよかったのだが、手がすべって、刀ごと放り投げてしまった。すると何と何と、刀は浮いて流れていくではないか。

竹光だったのである。

それをおやじがからかう。

「この齢《とし》になって脇差が流れるのを初めて見た」

ムキになった北。

「衣川《ころも》で弁慶が立ち往生した時は太刀も鎧《よろい》も流れたということだ」

これは北の強引なコジツケである。川柳には「衣川　さいづちばかり　流れけり」とあると、おやじに言われ、一層笑い者にされた。弁慶の七つ道具の内、才槌《さいづち》は木製だから沈まなかったというのが川柳のおかし味である。

一九先生、どこかで竹光をネタにしようと趣向をねっていたにちがいないが、本物と竹光の違いは切れなかったとか、さびなかったとか、いろいろあろうのに、結局は金物と違って軽いところが、ニセのニセたる所以《ゆえん》だと結論を出したものか。

それなら舞台を海上にとるしかない。その上で、北の人物の本性はこの軽さにあるという喝破《かっぱ》は、まことにみごとだ。

ただ、感心されて笑ってもらえないのも、一九先生にとって本意ではない。

※旅行用の葛籠《つづら》。

東海道中膝栗毛◎

四編

（新居〜桑名）

歌川広重『五十三次名所図会』より「あら井」

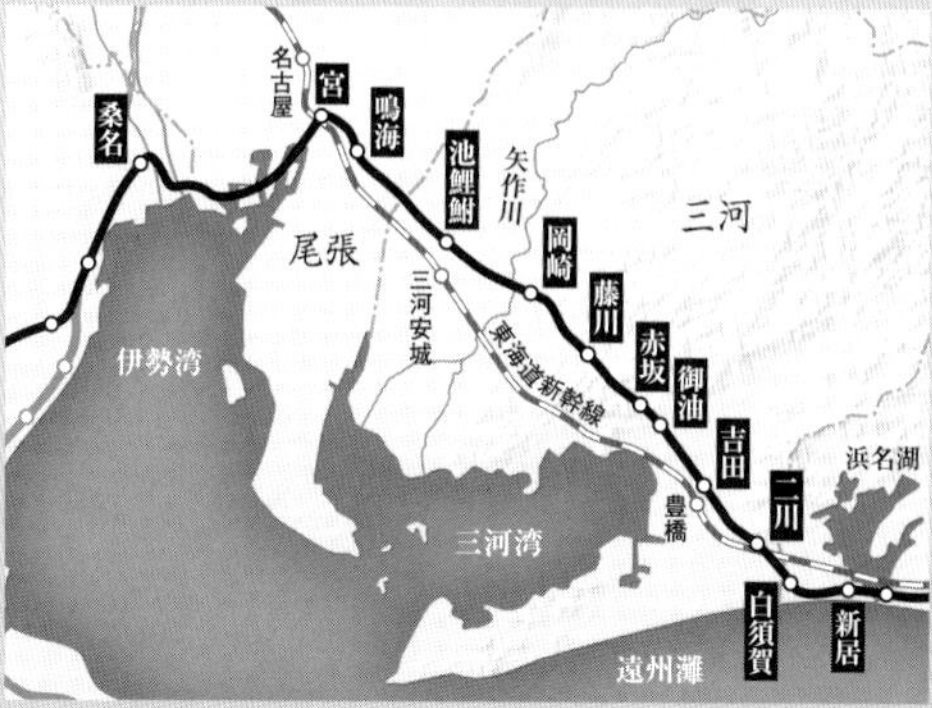

㉔ 蒲焼のむくいが猿が餅

新居

四編上

浜名湖を無事に渡って新居の宿に上陸した二人、名物の蒲焼を食べて休んでいると、馬方が一人の侍を下ろした。

侍が食事をしたいというと、店の女が「おなぎ（うなぎのこと）の蒲焼がある」と答える。「なんじゃ、お内儀《ないぎ》（妻のこと）の蒲焼か」と侍がいうのはどうも本気らしい。

馬方は喜んで「御亭主のすっぽん煮はないか」とふざける。

その上馬方が酒をねだる。酒手は「道中御定法《ごじょうほう》の賃銭」にはない、と侍が断っても引き退らない。

「しからば領収書を書け。身ども、帰国したら馬方の問屋に届ける」

ここでも侍の固苦しさを笑い物にするのだが、お役人の固さ、こう二百年も笑われていて、いいものか。しかも、そうこう問答しつつ、「身ども、了簡をもって四文遣わそう」ということになると、またこのケチくささが、民衆にうける。

ところが侍、気がつくと大切な草鞋《わらじ》を馬に忘れてきた。「残念な。江戸までも履かれる草鞋じゃものを」と愚痴をこぼす。

横で見ていた北八、もうおかしくて、むずむずしてくる。

「草鞋一足で江戸まで履くとは歩き方がきわめてお上手で」

「いや手作りの特製品だから江戸まで往復できる」と侍。

今度は弥次が口をはさむ。

「たしかにあなたは歩き上手だが、私のこの草鞋は一昨年松前へ履いていき、去年は長崎へ履いていって、また今履いて出たが、ほら、何ともございませぬ」

「身どもより道が巧者じゃ」

どうすればそのように履かれるか、と侍は感心しきり。

弥「その代り脚絆《きやはん》が切れてなりませぬ」

侍「それはどうして」

弥「私は馬に乗りづめにいたしますから」

馬の鞍に脚絆が当って、すり切れるのだという。

「もう止めとけ。ハハハ」と笑う北。

「さあ行こう。あなた様御ゆるりと。アイお世話」と弥次。

これでは侍を蒲焼にして食ったようなものである。

二川《ふたがわ》（いま豊橋市）までの駕籠《かご》をやとって出発したが、途中、二川から客を乗せた駕籠が来た。駕籠かきが客を交換したいという。なるほどお互い空《から》駕籠がなくなるから名案。それなりに駕籠賃も安くするというから三方得だ（さては大岡越前守が考えたか！）。

その上北はもっと得をした。座蒲団の下を探ってみると四文銭の百枚つなぎが一本出て来た。先客の忘れものか。

さあ気が大きくなった北。口ずさんだ狂歌がほめられると、また「自作」と称して、

奥山に　紅葉ふみわけ　鳴く鹿の　声きく時ぞ　秋はかなしき

を披露したばかりか、二軒茶屋の立場《たてば》では、一服していこう、一升でも二升でも酒を飲め、と馬方たちに振舞う。

勘定は〆めて三百八十文。「こりゃ強的《ごうてき》に食らやァがった」と不承不承、代金を払おうとすると駕籠かきが気付いた。

「さっきの銭一本はどうした」

「オ、それそれ。旦那、蒲団の下に入れてあるか、見て下され」

そういうことだった。北は仕方なく懐から一本出して、そっと座蒲団の下に戻す始末。

「オ、オ、。ここにあった」

北八の糠《ぬか》喜びはいつもこんなものだろう。土地の名物にかけて、狂歌一首をよむしかない。

拾うたと　思いし銭《ぜに》は　猿が餅　右から左の　酒にとられた

二軒茶屋は別名猿が番場。そこの名物が柏餅で猿が餅とよばれた。ところが取引き上で「猿が餅」というと、売掛なく、すぐに商品を金にかえることを意味する。得したと思った金がすぐに消えていったから「猿が餅」といった次第である。

さっき侍を蒲焼にしたむくいで、今度は猿が餅を食わされる破目になったのである。

㉕ 街道で渡世する者ども

二川　四編上

二川《ふたがわ》の駅にさしかかると、たむろしている駕籠《かご》かきが、二人を乗せた駕籠かきに親しく声をかけてくる。

「やあ八兵衛、帰って来たな。畜生め。早く行って嬶《かかあ》の番をしろ。間男がしけこんでけつかるわ」

　こちらも負けていない。

「阿呆《あほう》め。お前の親父めが首吊っておるこたァ知らずに。くそたれめ」

　他愛ない悪口が仲間意識を窺《うかが》わせて、楽しい。馬方《まご》なら「馬は馬連れ」とも言えるが、「駕籠は駕籠連れ」ということわざはないものか。

　一方御本陣の前は小休止の殿様がお発《た》ちとみえてごった返している。弥次は馬を避けた拍子に道においてあった合羽籠《かっぱかご》につまずく。「あ痛たた。悪い所に合羽籠をおきやがる」というのが先方の雇われ中間《ちゅうげん》に聞こえたものだから、事が大きくなった。

「この野郎。合羽籠を土足で踏みやがって太《ふて》えことをぬかしやがる。横っ面、喰《かぶ》りつくぞ」

「ハハハ、大江山の鬼の飯時《めしどき》じゃあるめえし、頬《つら》喰りつくとは気が強《つえ》え」

「何だこいつ。叩き斬るぞ」

「貴様たちの錆び刀で何が斬れる」

ところが相手の中間、朋輩に刀を貸せという。「自分の刀で斬れ」といわれても貸せ貸せの一点張り。仕方なく朋輩の男「俺の脇差は借金のかたに槍持ちの男に渡してしまった」と白状する。つまり今は代りの竹光をさしているから貸せないのである。

しかも貸せ貸せといった中間男も、じつは刀が竹光だから自分の刀では斬れない。

そこで中間、態度をかえて弥次に「許してやる。早く行け」となる。一方竹光と知ると弥次は図に乗る。

「いや行くめえ。さあ斬れ、斬れ」

そうまで言われると後へ引けない中間、竹光を抜いて突きかかってくるが、弥次に一ひねりされると、「やれ人殺し」と悲鳴をあげた。

弥次の意外な力強さに読者がおどろいて、一件は落着となる。

そこから先は「坊主持ち」がテーマである。一人が荷物をもって、坊主や尼に会うと交代するという遊びだ。

やがて「だぶだぶだぶ」と法華宗の僧が来たので代る。ついでに寺の荷物を運ぶ馬が寺の荷札を立てて来たので代る。

次に、乞食者《こつじきもの》を見かけた北、坊主だから代れというが、弥次「前から見ると坊主だが、後から見ると盆《ぼん》の窪《くぼ》に毛がある」といって代らない。

当時は隠者などが髪を剃って坊主の格好をしたが、じつは僧ではない。多少の毛を残す習慣はその表現らしい。このニセ坊主は坊主ではないと、作者が皮肉をこめた所だろうか。

しかしすぐに三人の比丘尼が来る。しめたとばかり荷物を弥次に渡した北、もうウキウキして比丘尼に目がない。

若い比丘尼が寄ってきて「火を貸してくれ」というと「ハイハイ」。しかも「煙草を買うのを忘れた」といわれるとまるまる煙草入れを出して「みんな上げよう」。そして「一緒に泊りてえ」といい出す始末。

と、比丘尼たちが急に別の道へそれる。「はい、この在郷に廻りますから」と。煙草入れはとられたままである。

こうして二川から吉田の宿まで、二人が出会ったのは駕籠かき仲間と中間。坊主と乞食者と比丘尼。

駕籠かきは軽口を叩きながら街道を往来しては仕事に精を出し、雇われ中間は虎の威をかりて威張っているが、これも大名の行列を利用して生活する地の者である。「だぶだぶ」と道を歩くのは旅から旅を重ねる廻国の僧。形ばかりのいかがわしい僧形者はすぐその毛を見せる、旅路の乞食者である。そして男をからかって道を歩いているのは比丘尼。この女たちも道中を稼ぎ場とする渡世人である。

さまざまな渡世の姿を二人に見せながら、これこそが街道だという、たしかな現実を確認しつづける笑いの精神は、したたかである。

㉖いま、義経が旅をしているわけ

吉田

四編上

吉田《よしだ》の宿を出たところで、遅れた連れに向かって「おーい源九郎義経、早く来い」と叫んでいる一行に出くわす。

おもしろがって後ろをふり返ると義経とよばれた男は顔一面の大あばた。側頭の毛も少し禿《は》げている。そして「片岡兄《あに》いや亀井兄いは足が達者だのう。俺はかかとのあかぎれに石ころが入って歩かれ申さぬ」という。

前を歩く男ふたりは片岡八郎と亀井六郎らしい。ともに義経の家来である。

義経はひとりで歩いている。そこで亀井が聞く。

「静御前はどうした」

返事がおもしろい。

「まあ聞きなされ。さっきの休み場で静は持病の疝気《せんき》が起こって睾丸《こうがん》が吊り上がって、死にそうだと転《ころ》げ廻っていることよ。それに六代はぼた餅を三十も食《く》って食傷して苦しがりおる。その上弁慶は団子の串で喉を突いて泣きやったとか。分家の友盛が三人を介抱して、ようやっと後から一緒に来申すわ。あんた達は何も知らずにつっ走って倖せだの」

はて、疝気は男の病気だのに、静御前が睾丸を吊り上げたとは。

平維盛の子、斬刑にあった六代まで登場し、知盛が友盛らしい。

おもしろがる弥次と北。義経に向かって「いったい、どういうこったね」と聞くと、

「旅に出る前に村で義経千本桜の芝居をした。その時の役の名前を言いなれた癖で、ふざけて言うのでござるわ」

それでこそ、静の疝気もわかる。

義経は、この村芝居をやるようになったいきさつを、一気に喋り出す。それによると——。

わしどもの国へ江戸芝居が廻って来て菅原伝授手習鑑をやり申した。ところが聞きなさろ、たまげた理屈よ。何やら時平《しへい》とか五兵衛とかいう悪人に讒言《ざんげん》されたそうで、天神さまが島流しにならしゃれた。

（いうまでもないが、藤原時平によって菅原道真が九州へ左遷された事である）

その時、天神さまが輿《こし》に乗って出やると見物の婆さまも嬶《かか》さまも、お気の毒な事だと涙をこぼして本願寺の御門跡が通った時のように米や銭を舞台に撒いて悲しがりやる。そこで博《ばく》労《ろう》の与五左という荒くれが舞台へかけ上って言いやるには、

「この芝居はならねえ。長楽寺の青い閻魔《えんま》のようなお公家《くげ》が悪人だ。天神さまに罪は無え。いかに芝居だとて、人を馬鹿にしたこんだ。天神さまの尻は与五左が持つ」

（この男、二俵の米も持ち上げる程の力持ちらしい。だからみんなぶったまげて、取りなす者がいない）

そこで見物衆も口々に「与五左どの、そうだ。時平とやらをしょっ引き出してぶっ叩け」

と若い衆が楽屋へなだれ込んで乱暴したから江戸役者の時平殿は、尻を端折《はしょ》ってつん逃げた。それから以後は江戸役者を村へは入れないで、わしどもが芝居をやるようになったが、これが大受けで、小屋がこわれるほどだ。と。

その芝居が義経千本桜。男たちはこの芝居の役者連れらしい。他愛もない話である。しかしこの話はすごい。とにかく村の衆は芝居ごとなど、認めないのだから。傍観者でいるわけにはいかない、村の素朴な人情を強烈に語っている。その反対が江戸もの。だから都会への批判はなかなか厳しい。

ところが、村の衆はお芝居という虚も実と見なして悲しんだり怒ったりしたものだから、実際の旅路にまで虚の役者名をもち込んでしまう。その結果静が疝気を起こしても平気ということになる。

村の人たちには自分の体験だけが大切なのだ。芝居ごとなど認めない逞しさに出合うのも旅の楽しさというものである。

㉗夜道で「狐」と出合う

赤坂　四編上

長い東海道の旅は宿をとりそこねて夜道になることもあるだろう。作者はそれを、御油《ごゆ》と赤坂の間に設けて読者を楽しませる。

夜につきものは狐。狐にだまされる話である。

今夜の宿は赤坂ときめたものの、このままいけばもういい宿はふさがってしまうと思った弥次、一足先に北をやって上宿をおさえさせることとした。

後を追う弥次、御油をすぎたころからはまっくら闇で、もうどこから狐が出てきてもおかしくない。

一方、北は先に出発したものの、やっぱりだまされたのではかなわない、いっしょに行こうと松原で弥次を待っていた。

弥次がそれを知らないところから騒動が始まった。北を、北にばけた狐と思い込んだのである。

北が餅を食えとさし出すと、そんな馬糞が食えるかとおこる。そればかりか押し倒して首をしめ、尻に手をやって尻っぽがあるかどうかをさぐり、ついには腰に巻いた三尺手拭いをほどいて北をしばりあげる。

赤坂へ着くと犬がいる。犬をけしかけてみる。相手が狐ならほえたてるからだ。

しかし本物の北なのだからほえはしない。やっと三尺は解くのだが、それでも弥次は宿屋を「ここは墓場じゃないか」と疑い、風呂に入れといわれると、肥《こえ》だめに入れようとするのかと警戒する。寂しかったら女郎を呼べといわれると「石地蔵を抱くことはいやだ」という。

料理は馬糞か犬の糞、酒は馬の小便と疑って、際限もない。

こうなると話のおもしろ味は、本物がどうばかされることになるのか、という点に集中してきて、本物とばけ物との関係を楽しみながら読者はこの書物を読むことになる。

その上にもう一工夫こらした趣向がある。折しもこの宿で甥の婚礼があるので振舞い酒をさし上げますと、宿の主人が言う。

弥次はすぐ、「狐の嫁入り」を連想したかどうか、婚礼に出くわすなどという偶然こそ狐がだましているにちがいないと思う。

今までの狐がだましているものを全部とりまとめてみると、宿屋が墓場、風呂が肥だめ、餅が馬糞、酒は馬の小便と、いかにもそれらしい。

そのだましの極めつきが婚礼になる。

そして極めつきの婚礼が、狐ばなしのオチになっているところもみごとだ。

北は本物の北だと、疑いもとれて仲直りした二人、それでも隣りの新婚の夫婦が気になってしかたない。

二人して襖の隙間から隣りをのぞく。

「おい花嫁は美人か。おれにも少し見せろ」

「し、静かにしろ。肝心のところだ」

「どれどれ見せろ」

「あれ、そう引っぱるな」

「ちょっと退いてくれ」

といっているうちに襖がはずれて、夫婦の上にたおれかかる。さあ北はとっちめられて大こまり。

それでオチ。いつもながらの好色者《すきもの》の失敗談でありながら、狐の嫁入りかどうかを確かめる運びにもなっている。だまされついでに、襖がたおれなければ狐が正体を現すのを見届けられたかもしれないと思うと、読者の楽しみも極まるだろう。

㉘ 鳩が豆を食う話

藤川

四編下

赤坂の宿から三里足らずを歩いて藤川の駅へやって来た二人、駅はずれの粗末な茶店に休んだところで、北が急に雪隠《せっちん》にいきたくなる。

雪隠は裏にあるといわれて、裏の雪隠で用を足した後、ふと見ると小屋に寝起きしているらしい十八、九の娘がいる。髪はとり乱しているが仲々の器量である。北を見てただ笑うばかり。手をとってみても振り払いもせず笑う。北は例の悪い癖で、しめたと引き寄せたはいいが、見つけた子どもが「わあい、気違いと色事するやア」と騒ぐ。

声を聞きつけた娘の親父が「気が違うた者を慰《なぐ》さみ物にしようとした」とわめき散らしたので、事が大きくなる。弥次も黙って見ているわけにはいかなくなった。

「こいつめも、じつはちょっと気がふれていやす。了簡《りょうけん》してやってくんなせえ。エエこの野郎め、よく世話をやかせやがる。あの面《つら》よく見なせえ、きょろきょろする顔が証拠。娘御は女だからまだしも、この気違いは困りはてやす」

すると北も「何だ、おれを気違いだと。こりゃおもしろい」といいざま狂態を演じる。

「ハヽア降るは降るは。アレアレ花の吹雪が散りゃたらり。温《うん》きんたらり、寒《かん》きんちりり。

散りかかるようで、お可愛《いと》しうて寝られぬ。トヽヽ〱。ヤアそこにおるは女房どもか。イヤよい女房じゃに〱。コリヤのほいほほい。さんなあろかいな、ヤンヤア」

当時の長唄や能、浄瑠璃の台詞をとり集めたらしい。弥次も調子を合わせる。

「御覧《ろう》じろ、あの通り。そのくせあの面で色気違いさ。だから女と見るとダラダラして、ほんに恥を言わにゃ理が通らぬが、こいつめはわしの弟で、イヤ因果なこたあ、ござりやせん」

親父は善人らしい。

「そういわれると、わしも悲しい。たった一人の娘がこの病で、大の苦患《くげん》でござる」

弥次のとっさの才覚でやっと騒ぎを収めることはできたが、北はまだ演技中である。

「ええ、この馬鹿やろうめ、何をげらげら笑うのだ」と弥次。

それにしても店を出て旅の足取りに戻ると、北、

「面目次第もねえ。しかしわっちまでを気違えとは、弥次さん、ありゃ一生の出来だぜ」

弥次は「酒でも一杯おごれ」と言いながら、思い出した小咄《ばなし》でオチをつける。

「丁度、手前のような気まぐれ者が気違え女を捉えてじゃれつきかかると、その女の親父が見つけて腹を立て『ヤイこの野郎めは、人の家《うち》へ断《ことわ》りなしに牛込《うしごみ》やがって、娘をちょろまかそうとか、そりゃ〈赤坂べー〉(あかんべー)だわい』と言うと、男も負けん気になり『イヤ、お前《うぬ》は何だ。口嘴《くちばし》をとんがらかして、四谷鳶《よつやとんび》のようだ』と茶化すと、親父も『おお、俺が四谷鳶なりゃ、お前《うぬ》は八幡さまの鳩だ』と言う。すると男が『コリャおかしい。この北八がな

ぜ八幡さまの鳩だ』と言うと、親父が『ハテ貴様は気違えの豆を食おうとしたじゃねえか』と。ハハハ」

気まぐれ男がいつの間にか北八になっている点が絶妙である。北八も笑って、

「なんだ。市谷の地口とは恐れ入った。ハハハ」

地口とは掛け言葉の駄洒落をいう。お江戸は市谷の八幡さまをめぐって牛込、赤坂、四谷と地名を織り込んだ咄で、「豆を食う」話に決着をつけたのである。

さて、北を狂人にしたのは弥次の機転だったにしても、北も色好みの狂人にはちがいない。存外そんな腹づもりも作者にあっただろう。色好みはたしかに大きな苦患である。

しかし大苦患の種が尻を振りふり豆を食う鳩だとは、痛烈な皮肉に聞こえる。

尻振り鳩よろしく道中を楽しんでいる男も、同じく豆を食うのである。

㉙うまくだました買物ばなし

岡崎〜有松

四編下

やがて岡崎も過ぎ、今村（いま安城市）に来ると、ここは砂糖餅が名物である。例によって茶店の女が声をかける。北が「何文か」と聞くと三文だと答える。また別に、うずら焼という餅も売っている。こちらは小豆に塩味をつけたものらしい。これも値段を聞くとやはり三文だという。

そこで北、

「うずら焼が三文とは高いから二文にまけとけ。その代り砂糖餅は四文でどうだ」

ともちかける。亭主は妙なことをいうと思うが、結局のところ同じだから「よかろう」という。

すると北は二文の銭を財布から取り出して、「四文あったら砂糖餅を買うところだが、二文しかないからうずら焼を買おう」とうずら焼をとって、どんどん歩きながら食べにかかる。

まんまと亭主をだますことに成功した。

そして同じようなペテン買いの成功がずっと続くのは、このあたりにそんな笑いを集中させる意図が作者にあったためらしい。

次の池鯉鮒《ちりふ》（知立）の駅では弥次がぞうりを買おうとする。値段は十六文。しかし左右に大小がある。そこで弥次が「大きいのは九文、小さいのは七文でどうだ」というのは、すぐに北のまねだとわかる。

読者もまた成功すると思うだろう。

ところがぞうりである。片方だけでは仕方ない。

しかし「江戸では片方だけでも売る」と気張ってみせる弥次。「それじゃ片足七文で結構」と亭主は折れてみたものの、片足では歩けない。

けっきょく一足十四文となってこれまた成功である。

同じパターンながら、片方だけというわけにはいかない要素を加えたところに、おもしろみがもう一つました笑い話である。

そしてまた有松《ありまつ》の宿（いま名古屋市）で、二人は名物の絞《しぼ》りを買うことにする。

ここに加わるのは、今しも店の亭主が将棋に熱中しているという場面設定である。弥次が「いくらだ」と聞いても亭主は「持ち駒は何か」と聞くばかり。

やっと三分五厘《りん》だと知ると弥次「高い高い。まけなさい」。

「なに、負けるわけにはいかない。こんな下手《へぼ》将棋に」と亭主の頭の中の混乱ぶりが返って来ておもしろい。

将棋の相手が、「とにかく商売をすませろ」というと亭主、「どうせ買いはしない。いや買いたくても金銀がないだろう」。

そして、「いや、ないはずだ。金銀はわしの持ち駒だ」と、もうすぐに心は将棋に引き戻される。

読者は、この軽妙な重なり具合がおもしろくて笑ってしまう。

やっと将棋熱からさめた亭主に弥次は次つぎと上等な絞りを出させる。

これは四匁《もんめ》八分、これは十五匁、これは二十一匁、これが十九匁、と。

こんなに数字を並べさせるのも、商人をだます手なのかもしれない。けっきょく、「それじゃ最初に見た三分のものを買おう」といって、ほんの手拭いの長さだけ買った。じつは三分五厘の物である。

こうして岡崎から名古屋あたりの道中は、うまくだました買物の成功話が並ぶ。いつもの失敗も時には挽回しておく必要があるのであろう。

この程よいバランスも、快い笑いになる。もちろん他愛もない成功でないと、だました重さが残ってしまう。

㉚ 旅は歌に浮かれて

宮

四編下

宮《みや》の宿とは名古屋の熱田区、熱田神宮によってその名があった。さすがは宮。今も昔も集まる人で賑やか。宿に入るとすぐに旅びとを当てこんだ人びともやって来る。

まずは姥堂《おんばどう》の手水鉢《ちょうずばち》を造るための寄進集め。ついでは諸国順拝の者（六十六部衆）のための慰霊碑づくりの寄付集め。途中で落命する順拝者も多かったからである。

そして按摩《あんま》。すぐにやって来た者を、待たせた上で弥次がもませるうちに、隣り座敷からは、泊り合わせた瞽女《ごぜ》の、手すさびの三味と歌が聞こえてくる。瞽女とは地方を廻る盲目の女芸人である。

歌は伊勢音頭《おんど》。伊勢音頭は伊勢の民謡が伊勢参宮の流行に乗って全国に広まっていったものだから、この題材は『膝栗毛』にとっても、欠かせない。折しも尾張まで来て、今や伊勢は目の前。参宮にはやる心、浮かれる心を掻き立てるものだっただろう。

その人情の機微をついて作者・一九は、隣りから聞こえてくる瞽女の伊勢音頭を読者に聞かせる。

〽花も移ろふ徒人《あだびと》の　浮気も恋と岩代の　結び袱紗《ふくさ》の解きほどき　ハリサ　コリヤサ　よいよいよい、よいとなア

北八もすっかり御満悦。

「声もいい。わしは踊りが上手だから、お前が見えたら一つ踊ってみせてえもんだが」

按摩も愛想がいい。

「わしも踊りは好きだから、旦那の踊る音を聞きやしょう。一つ、やらしゃらまいか」

そこで北八は悪ふざけを言う。

「やるはやろうが、褒めてもらわにゃ張りがねえ。こうしよう。わしが踊り終った所でお前の頭を撫でるから、やんやアと褒めてくんな。よしか、よしか。ソレ踊るぞ」

隣りから歌が流れてきた。

〽解けぬ思ひはふたつ箱　三つ四ついつも泊り舟　それが苦界《くがい》の行き違ひ　ハリサコリヤサ

もちろん北は手を叩いて踊るまねをするだけだが、「よいよいよい　よいやさア」と踊り終ると、按摩の頭を手で撫でる代りに、足でちょいと撫でる。そこで、
按摩「ヤンヤア　えらいえらい。ハヽヽヽ」
「おもしろかろう。も一つやろうか」と北が言うとまた歌が聞こえてくる。

〽さす手引く手に　わしゃ何処までも　浪の浮寝の　梶まくら
北「よいよいよい　よいやなア」と、また足で按摩の頭を撫でる。

按摩「ヤンヤ　ヤンヤ」

北「ハ、、、、　おもしろえ　おもしろえ」

そして弥次が湯に立った後は、北の頭をもみながら按摩が「甚句《じんく》を聞かせたい」と言い出す。条件は同じ、終れば北が褒めることだ。そこで北の頭で拍子をとりながら、
按摩「ジャジャ　ジャンジャン　エ、、、酔うた酔た酔た五勺《しやく》の酒に　一合飲んだら様《さま》また良かろ」

ところが途中で按摩は指を北の耳の穴につっ込み「此奴《こいつ》が最前、われらが頭を、足蹴《あしげ》にひろいだ。磔《はりつけ》野郎め。かったい野郎め。汝《うぬ》がよな野郎は、碌《ろく》では行くまい。揚句の果てには、首でも吊るじゃろ」と歌って、ぽんと指を抜くや「やとさのせ、やとさのせ」。

何も知らない北、甚句が終ったと思って「ヤンヤ　ヤンヤ」。

按摩「ジャジャ　ジャンジャン」

按摩が北の頭でぴしゃぴしゃ拍子をとっても、顔をしかめて、「おもしろえ　おもしろえ」

按摩の甚句は越後甚句だという。街道は全国に広がり、全国に歌を運んだ。

とくにその運び手が瞽女であり按摩であった。旅芸人ということばは寂しいが、存外に一所不住の中に心の救いもあったはずだ。

結局は旅芸人、旅人をやりこめて旅しているのだから。そしてまた旅人自身も歌を楽しみながら旅をつづけていったようだから。

㉛ ふんどしの功罪

桑名

四編下

宮の宿の歌合戦も一段落して北八も湯を使いに行くと、通りすがりに隣室の瞽女《ごぜ》を見かける。弥次と二人で襖からこっそりのぞくと、後姿はなかなかの美女である。二人ともそれぞれに、忍び込んで物にしようと思うのは、いつものことだ。

北は布団に入るとすぐいびきをかいて弥次を油断させようという作戦。ところが弥次は「しめた、北は寝た」とばかりに起き出して瞽女の床へ入り込む。

ところが瞽女、しっかりと包みを抱いて寝ている。目が不自由な者のならいだろう。弥次が包みをどけようとすると女は目をさまし、弥次はしっかりと袖をつかまえられてしまった。その上「どろぼうだ、どろぼうだ。お宿の衆」とわめき散らすものだから、宿の主人が飛んで来る。

弥次はあわてて女の手をふり払って部屋に戻り、寝たふりをするが、何とふんどしが女の枕元から弥次の布団まで続いている。

じつは北、空寝《そらね》をしていたのだから一部始終を見ていて笑いがとまらない。ふんどしを見て「こりゃお前のじゃねえか」と言うから宿の主人にもばれてしまった。

ただ、主人が合点して「いや万事旅のことでおざりますから、お互いにお気をつけて」と、取りまとめてくれたので、一件落着となった。弥次はそっとふんどしを手繰りよせる。

こうして夜も更け、明け方を迎えると鳥はカアカア、馬はヒンヒン。一番船の合図もきこえる。「船が出るヤアイ。船が出るヤアイ」

じつは昨夜、宿の主人から今日の行程をきかれて、二人は桑名まで船旅をすると答えていた。別に歩いて佐屋回りで行く方法もある。

弥次は「俺《おい》ら船で小便するのが怖《こわ》くて、ねっから出ねえには困る。七里というから耐《こら》えてはいられず」というと、宿の主人が「竹筒を切ってあげますから、それでお小用なされるがようございます」といい、船旅に決めたものだった。

もっとも主人、この約束をとんと忘れていて、二人が船に乗り込んでから気づく始末。あわてて竹筒を取りに戻って、届けてくれてから船は帆をあげた。

船は矢のように平らな海上を走る。乗合の衆は話に花が咲き、みな、あごの掛け金が外れるほどに大笑いがつづく。船に寄ってくる商売船もある。酒、蒲焼、団子、奈良漬と売り声がかまびすしい。

さて弥次、一寝入りすると尿意をもよおして来た。かねて用意の竹筒もある。竹筒は一方に小さな穴があり、船べりにもたせかけて竹の中に小便をする仕掛になっている。

ところが弥次、勘ちがいして竹の中に溜めてから流すものと思い込んでいたから、船中で竹の中に小便をしこんだ。

さあ大変である。穴から小便が流れ出し船中びっしょり。乗合の衆「誰か土瓶をぶっ壊したようだ。煙草入れも紙入れもびっしょりじゃ。コリアたまらん。ヤア小便じゃな」

船頭が「船玉さまがけがれる。早く拭け」と叫ぶものだから弥次は、ふんどしを外して、そこらを拭いて廻る。「これでいい。どなたもお座《すわ》りなせえ」というが、船の衆、苦笑いしてだんまり。

かくして弥次の、宮での一夜と朝旅は、ふんどしで足がつくかと思うと、ふんどしで不始末を拭くこととなった。弥次が柄になく、しょげ返っているのもおかしい。

しかし無事船が桑名《くわな》に着くと「小便に濡れたが船は無事に着いた。めでたい。めでたい」と上陸して「この宿に喜びの酒をくみかわしぬ」という仕儀とあい成る。

祝着《しゅうちゃく》この上ない。だからふんどしの話だなどと顔をしかめてはいけない。人間本音のところをさらけ出して相身互い身でいたわり合うのは、人生という旅も、同じなのだから。

東海道中膝栗毛◎

五編

（桑名～山田）

五編追加

（伊勢めぐり）

歌川広重『伊勢参宮略図』より「外宮拝殿・玉串御門・内宮正殿・二見ノ浦」

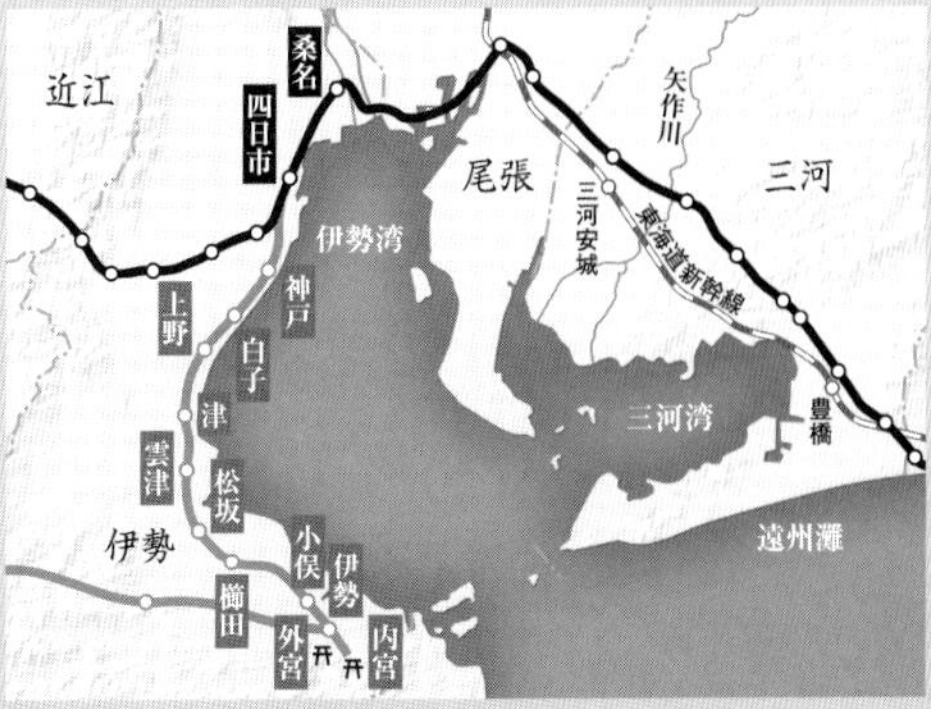

㉜ あべこべの効用

四日市(1)

五編上

桑名《くわな》で船を下りると、また陸路の旅がつづく。

まずは桑名名物の蛤《はまぐり》を肴《さかな》に酒を酌んだ後、二人は旦那と供の者となり、交代で荷物全部を持つことで合意する。今日はもう八ツ（午後の二時）だから二時間で交代しよう、ということになる。

さて、旅路をたどり始めると、早速駕籠《かご》かきが寄ってくる。すると弥次「安くては乗らぬ。駕籠代を高くしろ」という。駕籠かきがいくら高くいっても承知しない。最後には駕籠かきから値切る始末。

しかし一貫五百で話がつくと、弥次「高く乗ってやる代りに酒代はそっちが持つか」。駕籠かきにノーがあるはずはない。すると「酒代は一貫四百五十もらうから、差引きの五十文が乗り賃だ」と弥次。

「とんでもない」、「それでは縁切りだ」で、駕籠かきがまんまと担《かつ》がれて笑いとなる。

かくして次は富田《とみた》の立場《たてば》（いま四日市市）。

ここも焼蛤が名物で、軒を連ねた茶屋の一軒に入り、蛤をおかずに食事をする。「ハイハイ蛤でお上りなされますか」と女中がいうと、弥次「イヤ箸で食いやしょう」と洒落るのも、浮かれた旅心である。

ところが弥次の前の飯は少々、北のものは山盛り。「見なせえ。色男は違ったもんだろう」と北は大いばりだが、弥次は多少物を知っている。

「すべてこの街道では身分の軽い者や供の者には山盛りの飯を出すのがきまりだ。だから誰の目にもおれは旦那、手前はお供と見える」

軽輩がとかくドカ食いをするのは常だろう。色男と見てたくさん飯を盛ってくれたという北は見当はずれだった。

おまけに弥次が女の尻をなでて「お前の蛤なら、なおうまかろう」というと「おほほ、旦那さまはよう戯《ほた》えてじゃ」と女が受けるのに、北が真似をすると女は「好かぬ人さんじゃ」となるから、北のストレスは溜る一方である。

しかし幸いなことに、聞こえてきたのは七ツ（午後四時）をつげる鐘だ。さあ約束どおり主従はこれから逆。北は弥次に大きな口を叩く。さっき弥次がいったせりふをそのまま「俺は馬にも駕籠にも乗りあきたから、もう歩こう。いい草履を買って来い」。

と、そこまではいいが「履きつけぬ草鞋《わらじ》で、豆じゅうが足だらけだ」とは、弥次が「足が豆だらけだ」といったせりふを、逆に言ってしまったものだ。

それを弥次がからかうから、北はますます「旦那に向かって何だ」と息まき、荷物も弥次の方へ押しやるので「まあそっちに置いとけ」という弥次と、荷物の押し合いが始まる。

すると荷物が当って蛤の皿をひっくり返した。その拍子に焼蛤が熱い汁ごと弥次の懐へとび込む。

「熱ッ熱ッ」と大騒ぎで北が取り出そうとすると、さらに蛤は臍《へそ》の下へ落ちる。それをつかもうとして北は蛤といっしょに弥次の物もつかんでしまう。

弥次は熱いやら痛いやら。やっと股引《ももひき》の合わせ目から蛤が落ちて出た。

「ハハハ、まずは御安産でめでたい」と北。男の弥次が安産とは男女が逆だし、蛤自体が男の物ではない。

かくして珍道中はハプニングつづきだが、考えてみれば客の乗り賃を駕籠かきが値切るのも逆なら、身分の高い者がひもじい思いをするのも逆。北の洒落も豆と足が逆だったし、最後のハプニングは主従が逆になろうとするはずみに起こった。その揚句の果てが男の安産となる。蛤も男の物と一つに摑まれてしまうと、蛤まで男のものになる。

庶民の二人が御大尽のように振舞うのも、身分を逆にしたおもしろみである。万事が逆。逆にするという演出はこれほど効果も抜群で、人を笑わせる。

世の中何のことはない。たてよこ左右、ちょっとアベコベにしてみるだけで人生は楽しいのである。

㉝ 体温の違いが分かれ目

四日市(2)

五編上

今夜は四日市泊り。客引きに誘われて入ったのは、むさ苦しい安宿で、合部屋の相手は田舎者である。

早速、北が湯に入りにいく。そして帰って来ていうには「湯に入っていると婀娜《あだ》っぽい女がやって来て『ぬるくはないか』と声をかけたので今夜の約束した。もう一人、いい年増がいるからお前《めえ》も入って待っていなせえ」。

承知承知と弥次は湯へ。

しかしいつまで待っても女は来ない。手足の指を一本一本洗って暫く待っても待ちぼうけ。余り長湯をして湯気に当って羽目板にもたれかかったまま、弥次はぐにゃりとなってしまった。

いつまでも帰って来ないので北が見に行ってびっくり。顔に水をかけても「おうおう、ううう」というばかり。

部屋へ連れて帰って仔細《しさい》を聞くと「女は来ない。やっと向うの流しに年増らしい奴を見かけたから背中を流してくれといったら、六十ばかりの婆がタワシをもって流しに来た。『タワシをもってどうしやがる』といったら引っ込んだが、今度は包丁をもって来て、背中の垢をこそげ落としてあげましょうといった。いまいましい」とか。

北は大笑い。夢中になって聞き込んだばかりに、足で合部屋の田舎者の頭を叩いて一悶着をおこしたほどだった。

さて女中に床をとらせて二人は寝に入ったのだが、もちろん二人とも、北が約束したという女のところへ忍んでいこうと思っている。しかし寝込んでしまって、先に目をさましたのが弥次。そろそろと部屋を出、壁を伝って女のところへいこうとした。が、上に伸ばした手が棚板につっかえ、その拍子に板がガタリと外れてしまった。

手を動かすと棚の物がガラガラと落ちて大ごとになる。さりとて支えたままでは動くに動けない。

ところがそこへ、これまた出し抜いたつもりの北がそろそろとやって来た。

弥次、何も知らない北に「ちょっと持ってくれ」と板の支えを肩代りさせてしまった。今度は北が「どうする。どうする」という始末。

しめたとばかり弥次がそれと定めた寝姿めがけて進む。ところが女は手で触ると石のように冷たい。おそるおそる撫で廻すと何と荒菰《あらごも》で巻いてあるではないか。

弥次はもう震えがとまらない。北のところへ戻っても「死体に菰をかけてある」といって逃げ出そうとする。北まで気味悪がってガタガタするうちに棚板が外れて、棚の物は総くずれで落ちた。

さあ大変。行燈をさげて飛び出してくる亭主。

部屋から出てくる田舎者。

死体はじつは石のお地蔵さんであった。明日お寺に納めるべく田舎者が用意していたもの。

落ちた品物でお鼻が欠けてしまったと嘆く。

そこらの菰をみつけて引っかぶって息を殺していたが見つかった北。責められるので「手水《ちょうず》に行こうとした」と言い訳しても、それでは方角が違うといわれてしまう。仕方ない。夜這《よ》いに来て棚が落ちたと白状しても「どこの国に石地蔵へ夜這いに来る人があるか」と、信じてもらえない。

弥次が出て来て詫びを入れ、鼻を弁償《べんしょう》するといって、やっと一段落がついた。

四日市での一夜の喜劇。女をあてこんで湯気にあてられ、ぐにゃぐにゃになるまで温《あたた》まった弥次が、今度は冷え切った石のような女にびっくり。死体と思ったのが石地蔵で大ごとになったという話である。

例によって他愛もない話だが、さて体温がこんなに大事となると、つくづくと体温なるものを考えてしまう。

人間、何でもいいから温かいのがいいのだ。失敗ばかりして、湯気で茹《ゆ》で蛸《だこ》になる弥次や北が、一番いいのである。

㉞ 饅頭の食べくらべ

追分

五編上

二人はやがて追分《おいわけ》の宿場（立場《たてば》）に入った。

ここは饅頭が名物だったらしい。追分団子のたぐいだろうか。追分は京へ行く道と伊勢への道との、追分である。分か去《さ》れで休もうという心理もしのばれておもしろい。

さてそこで二人は金毘羅《こんぴら》参りの男と出会う。男は「江戸にいた時には本町の鳥飼の饅頭を賭け食いをして二十八個も食べた」という。本町は今ならさしずめ銀座、そこの菓子屋、鳥飼和泉の饅頭なら一流品。

そういわれるとたちまち頭に血の気がのぼるのが弥次。「鳥飼は同じ町内、毎日茶うけに五、六十ずつは食べる」と大見得をきる。

そこで男から「饅頭を全部食べたらこちらの勘定持ち、食べられなかったらあなた持ち」と誘いかけられると引くわけにはいかない。そして何とか食べつくす。

「さあ今度はあんただ。二十個食ったらこっち持ち。その上金毘羅さんに百文寄進しよう」と弥次。

ぺろりと平らげる男。弥次はくやしさの余り「もう二十個食べてみろ。今度は寄進も三百文とはずむ。ただし、食べ切れなければこっちへ二百文もどせ」という。

男が失敗すればさっきの饅頭代も百文で払えるはずだ。

ところが男、難なくまた二十個を食べつくして三百文懐にすたすたと行ってしまう。百文惜しんだばかりに三百文とられたのである。

くやしがっても後の祭り。

ところが通りがかりの駕籠《かご》かきいわく。

「あの男はじつは有名な手品師、この間も餅を七十八個食べて銭を払わせた。ところが食ったと見せかけた餅は袂に落とし込んだ。旦那も一杯食ったナ」

おまけに折しもやって来た子供が饅頭をもっていて、金毘羅参りの男からもらったという。

いまいましい、追っかけていってぶちのめそうか、といきまく弥次。

その上、北から「まあいいじゃないか。これからお伊勢の神参り。どだい、こっちが間抜けだからよ」といわれ、北が例のごとくに駄じゃれの一首を、

盗人《ぬすびと》に　追分なれや　饅頭の　餡《あん》のほかなる　初尾とられて

「盗人《ぬすびと》に債銭《おいせん》をやる追分だからか、饅頭の餡——案の外にお初穂料（寄進料）まで取られてしまって」とよむと、ますますおもしろくない。饅頭代もしめて二百三十三文を払う破目となった。

それもこれも、挑みかけられるともう分別も見さかいもなくしてしまう江戸者の軽率さ。宵越しの金は持たない気っぷのよさもいいだろうが、とかく軽薄な都会者の上に「火事と喧嘩は江戸の華」という血の気の多い単純さが、すでにこうして十分からかわれていることになる。

しかも相手は東海道を股にかけてのワル。京が見たい、お伊勢参りがしたいという都会者の初心《うぶ》さにつけ込んで、一かせぎも二かせぎもする男は当時もうようよしていたであろう。両方をつき合わせると、何とも愉快な人生模様が見えてくる。

作者の十返舎一九は、都会V.S.田舎という図式の、ほんねのところを冷静に見つめる、都会への批判者でもあった。

しかも神様参りの途中だから許してやろうという殊勝さがまた笑いをさそうではないか。

㉟ 口論のとばっちり

伊勢路

五編下

伊勢路へ入った二人、今日も機嫌がいい。農耕馬に横乗りした男が甲高い声で歌をうたいながらくると「あの男を降ろしてみせようか」と弥次がいう。

そして脇差をぐっと抜き出して合羽《かっぱ》の袖を前の方へ折り、刀の柄《つか》に持ち添えた格好をして見せると、男はぴょんと馬から降りた。農民が武士と出会うと馬を降りる習慣だったからだ。

図に乗った弥次、もう一度やってみるとこれまた成功。得意がるが北八から「後を見なせえ。侍が二人来る」といわれる。おまけに振り返るとばったりお侍と出くわしてしまう。

バツの悪さに「神部《かんべ》へは、もうどれ程で」と話しかけると「堤からそらへ上るとすぐだ」という返事が返ってくる。地侍と見えて方言で「そら」（上流のこと）と答えたのである。「大蛇でもあるめえし」と悪態をついている内に、神部に着いた。

今度は馬方がよって来る。

「二百五十貫下さんせ」

「二方荒神《にほうこうじん》で百五十貫やろう」（これは当時二人用の台を馬の背に着ける乗せ方である）

「今は台がないから交代で乗っていかんせ」

「二人乗られにゃ嫌だ」

「そしたら二人とも縄で鞍へ縛りつけていこか」

「それじゃ煙草も吸えぬ」

といった次第で、結局は交代で一人ずつ百五十貫ということになり、まず北が乗った。

ところがしばらく行く内に、馬方が金を借りっぱなしの権平次《ごんぺいじ》に出会ってしまった。

「まだびた一文返さぬ。どうしなさるのじゃ」と言われると馬方、「まあまあこちらへ」と土手に連れていって坐りこむ。と、横に犬の糞がある。すると「今日お出でると知りおったら掃除しておこものを。『コリャコリャ権平様に茶なと上げんか、酒買うて来い』といいたいが、ここは大道ゆえ出来にくい」。

とぼける作戦と見える。「早く馬を出せ」という北を尻目に「嬶《かか》が病気だ。雑役《ぞうやく》にも出られぬ。四、五日待ってくれ」と言い訳をするが、権平は聞かない。

「証文どおりに馬を取る。旦那、馬から降りてくれ」

北が降りると馬方が飛んでくる。空馬だと馬を取られてしまう。馬方からは乗れといわれて北はまた乗る。今度は権平が降りろと、躍起。

「乗れの降りろの、足も腰もくたびれはてた」と北。

そのうち馬方が妙案を思いついたか、「仕事の途中じゃ仕方ない。家へ帰るまで待ってくだんせ。その代りこの着物を渡すに」といったので、北もしぶしぶまた馬に乗ることとなる。

ところが権平が「さあ約束の着物をぬげ」というと、馬方「それも家に帰ってからにしてくれ」という。「もう了見ならぬ。さあ旦那降りてくだんせ」と権平。短気な北が怒らないはずはない。

「また降りろとは、もう嫌だ。さあ早くやらねえか」

「そうだそうだ。旦那降りずともよい」と馬方。

「何をぬかす」と権平。

権平が「真黒」になって馬につっかかるのをはねのけざまに、馬方が馬の尻を思い切り叩きつけたものだから、馬が一散に走り出した。

馬上の北八、まっ青になり大声あげて「ヤァイ助けてくれ」「馬を逃してはならん。オーイ」と追いかける権平。北八は必死になって鞍にしがみついていても、馬はやみくもに走るからいっそのこと飛び下りようとしたが、鞍の縄に足がつっかかり、まっ逆さまに落ちてしたたかに腰の骨を打った。馬方がかけつける。その横を権平が馬を追って駆け抜ける。それを見た馬方は北をほうり出して駆け出す。

北八「オーイ待ちやがれ。俺をひどい目に遭わせて」とぶつぶつ言いながら、しかし仕方ない、北は痛む足腰をかかえて大地をふみしめふみしめ、そろそろと歩いていくばかりであった。

ちなみに事件を知らない弥次は、もうとっくに次の宿へ辿りついていた、とか。

㊱ 煙草から始まる都のケチぶり

津（1）

五編下

白子※の宿をすぎて磯山※に入ると、吹矢《ふきや》の店がある。筒に矢を入れて的《まと》の人形に当てる遊びである。

これに熱中した弥次、ついつい北をはね退けた拍子に、寝ていた犬の足を踏んづける。犬が鳴き立てるので吹矢の筒で殴りかかると、犬は嚙みつく。かくして犬と格闘する内に弥次は転倒した。

ところが何と煙草入れが落ちている。しめたとばかり拾いにかかると、するすると逃げていく煙草入れ。子どもが糸をつけておいたものだった。

「いまいましい」と立ち去るが、今度はきせるが落ちている。「ソレ拾わねえか」と北は言うが、懲りた弥次は「その手は食わぬ」。

ところが後から来た親父が拾ってさっさと懐に入れる。今度は本当の落とし物だった。

どうもこの日弥次たちは煙草についていない。

二人は少し前から一人の男と道づれになっていて、男三人津の町に入ると、ここは近江路をたどって都から来る道との合流点だから、伊勢参りの都の衆が往来に溢れている。

東海道をはるばる旅してきた二人が、初めて接した都のかおりである。「芸者めきたる男女うちまじりて、かざりたてたるつづら馬をひきながら」歌をうたう風情は、旅が上方に入ってきたことを思わせる。早速「ごうきに美しい女が見える」というほど、弥次は浮きうきしてきた。

ところが連れの男は近隣の雲津（いま津市）の者だから都の人間のことを十分承知である。「あんなに立派にしておいででも、根っから銭は使いはせぬ」

案の定、すぐ都の人間が煙草の火を貸してくれと寄って来る。連れの男がさあさあときせるを出すと、都の男自分のきせるを吸いつけて、パッパパッパとやる。「まだか」といっても、いつまでもパッパ、パッパ。

よく見ると都者のきせるには煙草が入っていない。火を貸せといって寄って来ながら、他人のきせるの煙草を吸っていたのである。

「京の衆は、あないに吝《しわ》いの根っこじゃわい」といって雲津の男は大笑い。

ところがその直後、雲津の男は弥次に煙草を無心してくる。この男、きせるは持っていても、煙草入れは持っていない。わけを聞くと大の煙草好きで、一日に十匁《もんめ》も吸うから、これでは身が持たないと、煙草入れを持ち歩かないことにした。きせるだけ持っていて煙草は人から貰うのだ、という。

さては都の衆に火を貸そうとした時も、貰い煙草を吸っていたらしい。空のきせるで他人さまの煙草を吸おうとした都の衆と、同じ穴のむじなだったのである。

この男も伊勢者、雲津の男だ。吝いのは都者だけではなくて、伊勢者もひとしい。当時「近江泥棒伊勢乞食」という諺が流行したという。近江は「近江商人」という成功者で有名なところ、門前町として発達した伊勢をひっくるめて半ばやっかみながら、言い立てたものであろう。

もちろん都があってこそ商売も成り立つ。いま道中で出合った都衆の賑わいは、一大消費圏・上方のケチとの最初の出合いでもあった。

にもかかわらず江戸者二人はあい変らず意地を張ったり軽はずみだったり。雲津の宿で出された、コンニャクの水分をとる焼石を食べるものと勘違いして「小砂利も煎りつけて食べたことがある」とか、「石塔《せきとう》は老人の薬」だとか、「馬蹄石のすっぽん煮を食べた」とかと言いつのり、「お宅の石は格別風味がよかった」という始末だった。田舎者だから知らないと笑われたくないのである。

食物が変るのは旅の常だから知らなくてもよかろう。ところが我を張って、今後、次々と笑い者になるが、まずは上方の吝さがきせるをめぐって漂ってくるところに、旅もようやく都へ近づいたことの、予告がある。

※ともにいま鈴鹿市。

㊲ ニセ一九事件

津（2）

五編下

ところで道づれになった雲津の男、「先ほどからのあなたの御狂歌に感心していました」という。そして「狂歌師としてのお名前は」と尋ねられると、図にのった弥次はこともあろうに、「十返舎一九」と答えてしまう。と、俄然先行きが怪しくなる。軽はずみな二人のことだから、今後、無事にすむはずはあるまい。

「高名なお方といっしょになった」と大よろこびの相手は「私の狂歌名は南瓜《かぼちゃ》の胡麻汁《ごまじる》」と名乗り、「今夜の宿はぜひ当方へ」ということになる。

胡麻汁宅に案内され、食事をふるまわれ、それがすむと、近くの狂歌師がぞくぞくと集まってくる。紹介される面々は小鬢長兀成《こびんちょうはげなり》、富田《とんだ》茶賀丸、反歯《そっぱ》日屋呂《ひやろ》、水鼻垂安《みずばなたれやす》、金玉嘉雪《かゆき》とか。そして山ほどの扇面や短冊に揮毫を頼まれるが、自作のへたな狂歌など書いても仕方ない。だから聞き覚えの他人の狂歌を書きなぐる。

しかし「後朝《きぬぎぬ》の　情《なさけ》を知らば　今一つ　うそをもつけや　明六つの鐘」と書くと、これは千秋庵先生の歌だといわれ、すぐ後ろの屏風に、その短冊が貼ってあるから絶体絶命となる。

こんな時助け舟を出すのが北八、いや自称「十返舎一九の秘蔵弟子、一片舎南鐐《なんりょう》」。屏風を見ながら、「あの絵の上の賛《さん》は何ですか」と主人に聞く。もう主人もまともに返事をしない。「あれは詩《し》です」。賛とは絵にそえたことばだ。だから賛というのは正しいのにいや詩だというのは「三ではない四だ」とからかったのである。

そこで詩を真に受けた北「こちらの絵の上の詩《し》は誰の作ですか」というと「いやあれは語《ご》です」と返事。

ここでやっとからかいに気づいた北。先手を打ったつもりで「それではこちらは六《ろく》ですか」というと、主人「いやあれは質《しち》にとったものです」。

ピンチのニセ一九の、その座を救うつもりの語呂合わせも結局やりこめられてしまう。とこうする間に、主人の狂歌仲間から手紙が来る。「今、一九先生が拙宅に着いた。おっつけそちらへお連れします」とある。

主人も意地が悪い。目の前にニセ一九がいるのに「ニセ一九が来ます。先生とっちめてやりましょう」。大あわてで「急に持病が起こりました」と弥次。

もう、一同が怪しむのは当然である。「笠に神田八丁堀、弥次郎兵衛とあるのは誰のことだ」と問いつめられると、逃げ口上を言うしかない。

それでも相手は攻撃の手をゆるめない。なお「ニセ一九に会ってくれ」といわれるとそそくさと「出発しよう」と言う。いま、夜の十時である。「わしの病気は夜歩きをして冷やせばよくなる」と弥次は強気。

「とっとと出ていけ」といわれて血がのぼる弥次。しかしここは北が詫びを入れて胡麻汁の家を抜け出すことができた。

やっと一件落着である。

それにしても、作者が自分を登場させて、ニセ物騒動を作るという趣向はおもしろい。作り話に作者が登場するという、虚と実とのないまぜから起こる小さな錯乱も、小説の得意技の一つだろう。

しかも化けの皮がどんな経緯ではがされるのか、失敗の事態を待ちうけながら読む楽しみもある。

その上有名人でなければ事件にならないのだから、一九は大いに自分を売り込んだことになる。

夜の街道　五編下

㊳ 夜道の化け物

夜道に追い出される結果となった二人、以後は夜道の旅である。

夜の旅人を怪しんで犬も吠える。弥次が宙に虎という字を書いても効果がない。そうすると犬が逃げるという迷信があったらしいが、犬が吠えやまないと知ると「文字を知らない犬だ」と毒づく弥次。

いや夜の旅となるとテーマは犬だけではない。怪しげな事件の連続で、まずはふしぎな火に出合う。

家からもれる明りなら、宿りを乞いたい。しかし、提灯《ちょうちん》の火とも見える。いや、家からもれる火だとも思える。ともかく早く近づきたいと思うが、火もまたどんどん先へいく。

「あの家はどうも歩いていくらしい」

「ほんに、おかしい」

「気味が悪い、どこの国に家が歩くということがあるか」

「さては狐の仕業か。弱味を見せるとつけ上がる。さっさと歩きなせえ」と力む北八。

近づいてみると、歩けない者が車に乗って棒をつきながら動かす車だった。これなら屋根もあり、火もたく。

当時は熊野詣でや伊勢参りに、こうした人たちが集まってきた。それが一見「動く家」にみえることに、作者は興じたのである。

家が動くというパラドックスがおもしろかったのだろうが、そうまでして参詣する人の心根はいたましい。いたましさも知られない夜道では、火も不審火に見えてしまうという構想から見ると、作者は意外に醒めていたのかもしれない。

さて次は大男である。二人がふと振り返ると、小山のような男が長脇差を腰に横たえ、只物でない格好。二人を目がけて追って来る。こちらが走ると、男も走る。立ち止まって小便をすると、男も小便をする。

たまりかねて弥次が声をかけると、男は意外にやさ男。「わたしは松坂へ戻る者だが一人では怖くてならぬ。そこに二人を見かけたから心頼りにしてきた」という。脇差も拾ってきた竹切れだとか。

それで二人も一安心。夜の街道は形しか見せないから怪しい大男と見てとれたが、実はやさ男だったというのも、一つの夜への穿《うが》ちである。作者一九は「夜目遠目笠の内」の怪物バージョンを作りたかったか（?）

さて次は空中に浮く大きな白い物体。立ち上がってあっちへこっちへとぶうらりぶうらり。大男はがたがた震える。遠くを透かして見ると、およそ高さ一丈ばかり、道いっぱいに広がったり見えなくなったり。また立ち上がって大きくなったり小さくなったり。

「裾が無えから幽霊に違えねえ」

二人は気味が悪いから戻ろうといい出し、男は、いや二、三度行き来している内に夜も明けようと言う始末。白装束の上に青い火まで見える。

ところが向うから四、五人の人足《にんそく》がやって来た。

そこで浮遊物体のわけを聞くと、街道で馬の沓やわらじを燃やしているのだという。煙が月に映って白く見えたらしい。

怪しげな物体も、正体がわかれば他愛もない。

しかし人間、とにかく最初に目に触れるものが重大で、後で正体を知っても何程のこともない。怪しい見かけが問題なのだ。

しかもお伊勢参りの街道には不自由な体を押しての参詣者がいる。馬もたくさん必要なほど、人びとが押しよせる。

小心者も夜をこめて歩く。作者はこの人間群像を、まことしやかな正体よりも、見た目の怪しさをもって描こうとした。

夜の街道は、このパロディのための装置だったらしい。

㊴ ディベートのテーマはトイレ

明星

五編下

さて夜も明けて伊勢神宮へと道をたどる二人、明星《みょうじょう》（いま三重県多気郡明和町）の茶店で馬代を値切っている、上方者らしい男を見かける。そこで馬方が弥次に「二方荒神《にほうこうじん》」で乗れと勧める。二方（宝）荒神とは馬の背に振り分けた枡《ます》に、二人が乗る方法で、すでに第三十五回で経験ずみだ。

それではと乗った弥次に、上方者が話しかけてくる。江戸者と上方者の会話を二方荒神で仕組んだフシがある。

上方の男「江戸へは去年行ったが手水場《ちょうず》がひどい。わしは百日いたがとんと手水に行ったことがなかった。やっと江戸を発って鈴が森まで来て、やれ嬉しやと溜めに溜めた小便を海へした。一気に三斗八升ばかしして、えろうよかった。あそこは大きな小便壷であったわいな」

当時江戸では、小便は大地へしみこませるだけだから、臭気ふんぷんだった。一方京では大小便とも肥料として野菜と交換することもあった。

そこで弥次「小便も大切だのに、海の中へするとは惜しいことをした。三斗八升でとり換えたら、駄馬五、六匹分の野菜がもらえたろうに」。だから「京では屁が出そうになると、さっと裏の畑へ駆けていって、大根や菜っぱの上に屁をひりかけるというが、なるほど、これもこやしになるだろう」。

まさか。しかし上方男も乗ってくる。

「そうじゃわいな、その屁をひりかけた菜を、よう刻んで土にまぜて壁を塗るがな。京ではその壁土をへなつちというわいな」。実際には「へな土」という、藁を刻み込んだ壁土があるだけ。たぶん「へな土」は埴土《はにつち》の訛だろう。それを「屁の土」と洒落こんだわけである。

それにしても、小便や屁まで無駄にしないのが京。そこで弥次「だいたい京という所はケチな所よ。この前京へ行った時分は花見時。幕を張りめぐらして豪華な重箱を広げたはいいが、中味は古漬物のきざみに、おからの味付け煮。こわい、こわい」。

とかく体面ばかりを気にして中味のない京をからかうのである。

上方の男は話題をかえる。「お江戸の衆が吉原の桜を自慢するから行って見たが、ありゃせんがな」

弥「いつ行きなすった」

上方「十月時分」

弥「桜があってたまるか」

上方「それでも京の御室などには年中あるがな」

弥「そりゃア木ばかりだろう。花は年中ありァしめえ」

じつは吉原では花の時期だけ桜を植えたらしいのである。そこが京の言い分になる。

上方男また話題をかえる。

「江戸衆は長唄をよう歌うが、京の宮園や国太夫は格別じゃわいな」。弥次は国太夫節《ぶし》を聞いたことがない。上方男がうなると弥次、おもしろいから教えろという。

しかし北は、どうも上方男の高慢ぶりが気にくわない。そこで上方男が国太夫節を歌って「ほんに女子《おなご》は執念の　深いというは嘘じゃない　死んでも呵責《かしゃく》の夜叉羅刹《やしゃらせつ》　杖ふり上げて丁《ちょう》と打つ」というところで、拾った竹をもって男の頭をぴしゃりと打った。

北は打ってさっと隠れるから最初は成功したが、何度も歌わせてついには弥次を打ったから、バレてしまう。

どうもキレる時が北の出番らしい。しかも登場の仕方が荒あらしいのも、江戸っ子ぶりなのだ。

とにかく二方荒神の馬旅も終って小俣に着くと弥次が詫びの一席を持って一件は落着した。

すると男は古市での遊びをおごると言う。あそこではおれはえらくもてるのだといい、あれこれと店の名をあげる。そうなると弥次、男をおだて上げて遊ぼうと浅ましい気持になる。

あんなに上方者はケチだといっていたのに大丈夫かと読者ははらはらするのだが、さて読者の心配は弥次には届きようがない。

㊵ お伊勢参りのハードル

山田(1)

五編追加

いよいよ伊勢の山田に入ると、道の両側には御師《おし》の家が軒をつらねている。御師とは参詣客の手助けをする神官で、太夫を名乗った。

早速手代《てだい》が声をかけてくる。「太夫はどれへ」とは、どの御師を頼んであるかと聞くのである。ところが弥次は、太夫といえば浄瑠璃の竹本義太夫しか知らない。「義太夫だ」と答えてコケにされる。それでもめげない。北が「ここらは汚ねえ所だ」という。「なぜ」と聞かれると、家がみんな御師の雪隠《せっちん》（トイレ）らしく看板に「用立所《ようだてしょ》」と書いてあるからだとは。参詣の用立てをする所とあるのを「用をたす所」と間違えたのである。

それにしても続々と集まってくる上方、江戸からの参詣客が大声をはり上げて歌ったり、太々講《だいだいこう》と見えて二十人もの大団体がいたり。

と、茶屋に到着した一行の中に弥次と同じ町内の米屋の太郎兵衛がいるではないか。弥次は米代を払いもせず旅立ってきたからしょげかえるが、そこは講親をつとめるほどの人物、「さあさあ一緒に奥へ入って一杯やれ。おれの供なら一銭もかからぬ」と誘う。とかく旅先での同郷者は、うれしいものだ。

ところが、ハプニングが起こる。太郎兵衛ら江戸の一行と上方からの太々講《だいだいこう》一行との茶屋の出発がいっしょになり、弥次が乗った駕籠《かご》は上方ぐみの中に入って走る。江戸ぐみは内宮の御師、上方ぐみは外宮の御師で、道はどんどんと分かれ、弥次は田丸街道の岡本太夫の方にいってしまった。

だから駕籠を降りても太郎兵衛はいない。聞いて廻っても、みんな太郎兵衛など知らない。のみならず「見なれぬ人じゃ」といわれ、落ち着きがないから「気味のわるい人じゃわいな」「道中盗人《どうちゆうじら》であろぞいな」と、さんざんである。

それでもことばとは便利。江戸弁だから上方者も江戸の駕籠が紛れ込んだと察しがついた。が、弥次が「わっちのゆく御師殿はどこでごやすな」と聞いたから又いけない。江戸の一行なら、どの御師かは知っているはずだから「太々講を食い倒ししようでな」「けったいな奴じゃ。脳天、どやいてこまそかい」とまた険悪になる。

もうこの辺りが江戸っ子弥次の我慢の限界だろう。ついに、バカにするな、おれも江戸っ子だ、というわけで「おれ一人で、太々講打って見せよう」と言うから御師の手代も肝を潰して「こりゃ出来た出来た。みごとお前が」。弥次、大きく出て、「多少にゃよるめえ。これで頼みます」とは、釣は要らねえという科白《せりふ》。体に巻いた長い布の金入れから銭二百文を出すと、手代は二度びっくり。

「ハハハ、太々講は、安うて拾五両も出さんけりゃ、でけんわいな」

太々講とは太々神楽を奉納する講。いちばん豪勢な参詣だから御師も手代も身入りがいい。

そんなことを、もちろん弥次が知るはずもない。しかし、この先の弥次の言いくさがかわいい。

「太々講がならずば、これで蜜柑《みかん》講でも頼みます」

橙《だいだい》がかなわないなら、小粒の蜜柑でも、というわけ。当時の小咄《こばなし》のオチに同じものがあり、作者はそれを利用したらしい。

こうなると相手の気持もほぐれる。「ハハハ、べっかこうにさんせ」とは、今日の「あかんべえ」を当時「べっかこう」と言ったから、「こう」を講に引き寄せた駄洒落である。

かくして騒ぎもおさまり、この手代が江戸一行を案内していた手代を見知っていたから、内宮山荘《さんしょう》太夫の方へ行けというので、やっと元へ戻る筋道がついた。

それにしても、尊い伊勢の大神に早くお参りしたいのに、その前に御師だの太夫だの太々講だのと、金儲けのかかったハードルがいくつもある。この笑えない喜劇を、作者・一九はひそかに皮肉っているのかもしれない。

㊶伊勢のカミを馬鹿にした罰

山田（2）

五編追加

めでたく江戸者一行のもとに帰れる目途は立ったものの、行くべき宿の名が藤屋であることは忘れていて、何やら棚からぶら下がったような名だったとしか、覚えていない。途方にくれて歩いていると万金丹の看板がぶら下がった店がある。

もちろん藤屋ではない。のみならずそこでは、人の立っているあそこの家は首をくってぶら下がった者の家だからお前の宿かもしれない、聞いてみろといわれるが、歩いていく内に人影は消えてしまって、どこの家だか解らない。

次つぎ尋ね廻っても、棚から落ちたぼた餅を食って死んだ男の家かとか、山のあばら屋が風に吹かれて落ちた事かとかいわれ、やっとの思いで妙見町の藤屋に辿りつく。

ここでも「ぶら下がり」違いがおもしろさの焦点となっている。

さて、弥次が藤屋にたどりついた折しも、北は髪結いの女を呼んで、ひげを剃り、髪を結い直している最中である。

髪結いの女を相手に、またへらず口を叩いている北。

「髪結いさん、ぐっと引っぱって結ってくれ。上方ふうの髪結いは髷《まげ》が妙に長くて気の利《き》かねえ頭付きだ。女の髪だって豪勢に結っても、何の事はねえ。筑摩《つくま》の鍋かぶりというものだ」

近江の筑摩神社には奇習があって、再婚を祈る女が、既婚の回数だけ鍋をかぶるそうな。髪をゆるく結うと、髪がふくれ上がって鍋に見えるというのが北の言い分である。

しかし髪結い「その代り女子《おなご》はそれなりにきれいでおましょがな」

そこで話題一変。「上方の女がきれいなのはいいが、立って小便するのは困る」

「お江戸の女中も大きな口して欠伸《あくび》するのは色気がさめるがな」

「それでも江戸の女郎は意気や張りがあるからおもしろい。こっちの女郎は客扱いが誰に対しても同じで客を嫌がることがねえから、惚れ込めねえ」

「いやお前のような方でもどうしても振らんさかい、ええじゃおませんかいな」

「貴様、おれを気安く言うな。こりゃ、本当のこったが」

北は力《りき》んだはずみに頭をふりたてたらしい。

「おっと、仰向《あおの》かんすと切りますがな」

ところが剃刀は切れないどころかえらく痛い。いつ研《と》いだか解らない程だからだ。「どうして研がぬ」というと「剃刀が減るから。客が痛がるのをこちらは三年も我慢している」というところを見ると三年も研がない剃刀らしい。それにしても我慢するのは客の方だろうに。「痛くて毛を一本ずつ抜くようだ」といっても「死にはしないがな」と平然たるもの。逆剃りにやられては、もっと痛い。「もういいから、ぐっと髪を引きつめてくんな」

ところが髪は「こりゃ、えらいふけじゃ」。ふけがとれる方法がある、というからどうするのだと聞くと、「坊《ぼん》さまにならすとええがな」。「いまいましい」と悔しがる北。「もっと髪を引っつめてくんな。とかく上方は髪結いが下手くそだ。根を固くつめることを知らねえ。無器用な」というから髪結い、これでもかとぐっと引っぱると月代に三本ほどしわが出来、目は上へ吊り上がる。北は毛が抜けるほど痛いが負け惜しみして「ああ、いい気持だ」。「あんまり良すぎて首が廻らぬようだ」

ここでも主題は上方と江戸の髪の結い方のちがい。上方のゆったりした優雅さは、イナセな江戸者には歯がゆい。それが女郎の客のあしらいにまで及んでいるとは、作者・一九先生の弁である。それでは小用の足し方も優雅かどうか、一九先生に聞いてみたい。

さて食事になると、北が妙なことを言う。

「わっちの箸はどこにある」。弥次がおどろくと「どうも、うつむくことがならねえ」北の頭をみてまたびっくり。「目が引きつって狐つきを見るようだぜ」

「あんまり髪結いが根をつめて結うから首を動かす度に、めりめりと髪の毛が抜けるようだ」。だから手にとった汁椀を飯の上に置く始末。弥次が「なぜそんなに結わせた。大方髪結いをいじめたからだろう」というと横で見ていた上方者がそうだという。

「いやもう物を言うさえ頭に響いてならぬ。この難儀《なんぎ》を助かる手はあるまいか」と、さっきの威勢のよさはどこへやら。やっと弥次が根元の髪をゆるめてくれて、少し首が廻るようになった、とか。その上、後にそえた狂歌がいい。伊勢の髪結いを馬鹿にしたからバチが当った、という。神と髪とのダジャレが、オチである。

㊷ 言葉を変えても在所はばれる

古市

五編追加

食事がすむと、まだ参詣もおわらないのに古市の花街へ出かけようということになる。そこで弥次・北と道づれの上方男は、あらかじめ弥次たちを、京が本店、江戸が支店という大店の番頭衆にしようとたくらむ。そうなると京都弁でないといけない。「合点」と弥次。すぐに「コレ〳〵、おなごしゅ〳〵。ちょと、きておくれんかいの」と遣ってみせる。

さて座敷に上がると、仲居を前に、早々と上方男が大きく出る。「このお方は気に入ると百日も二百日もお泊りで、お金はお構いなしだ」と。

いっしょに行った藤屋の亭主も「私が去年お江戸へ行った時店の前を通ったが、えらい御大家じゃ。両替屋か」と調子を合わせると弥次「格別えらい店ではないわいの」といいつつ、間口はやっと三十三間、仏の数が三万三千三百三十三人、「えらい賑やかなことといな」と。もちろん京都三十三間堂にかけたものだ。

ここまでは京都弁もうまくいくが、やがてハプニングがおこる。京と江戸では相方の女郎の決め方がちがう。そこで上方の男と弥次の間で女のとり合いになった。江戸ではまず盃をやった女が相方だが、京ではあらかじめ女をそれぞれ男客に振り当てておく。万事、本音で争わないのが京ふうなのである。

それを知らない弥次。反対に美女を相方に決めた余裕でのんびり喋りつづける上方男。弥次が怒ると上方男は意地悪く、「こなさんは、アノ江戸はどこじゃいな」と聞く。はたせるかな、頭に血がのぼっている弥次、しめし合わせた場所はそっちのけで江戸弁でまくし立てる。

ついに化けの皮ははがれるし、客の見幕におどろいて女たちも逃げ出す。

上方男は酔いもまわったし、もう、一番の美女を自分の相方の女に決めているから、何も争う必要はない。その上だんだん呂律があやしくなる。それがおかしいと笑う北は、どうやら弥次に味方はしてくれないらしい。

女まで「京のお方といわんしたに、物言いがお江戸じゃわいな」と言い出す始末。

弥次「いめえましい。もう帰《けえ》るべい」

仲居が立ち上がって取りなし、止めるが振り切って出ようとする。そこへ戻って来た女郎が弥次に割り当てられた相方の初江。

「これいし、何じゃいな」

「とめるな、止《よ》せえ〳〵」

「おまいさん、わしがお気にいらんのかいし」

「イヤそうでもねえが、ここを離せ」

「わしゃ、嫌《いや》いし」

それでも弥次が飛び出そうとすると、女はひっとらえて無理やりに羽織を脱がせる。弥次が「羽織をどうする。よこせ〳〵」と言うのだが、どんどん紙入れは取られる、煙草入れは取られる。

それでも「コレサ、俺《お》らァ帰《けえ》る〳〵」とわめくのに、女は「情のこわい人さんじゃ」といいながら、今度は帯をぐっと引きほどき、着物を脱がせようとする。

じつは弥次には裸にされると困る理由がある。垢じみた越中ふんどしを締めているからだ。だから大弱り。着物を両手で押さえて「もう堪忍してくれ」というしかない。

「そじゃさかい、ここにいさんすか」

「いるとも〳〵」

仲居もやっと「もう堪忍してやらんせ」と声をかけてくれ、藤屋の亭主も、さあさあと手をとって元の座へ座らせるが、肝心の仲間の北は最後まで頼りにならない。大笑いで「おもしろえ」といいながら狂歌をひねるばかりだった。

ことばだけ変えて乗り込んでみても、あれこれ土地の風習の違いや気性は変えられない。その上でまたしても笑い者となるのはお江戸の衆だ。

在所がすぐばれるのも色街という、各地の男の、正体の欲望がうず巻いている土地柄なのだろう。

悲しいような愛しいような。色街の切なさである。

㊸ 笑いでつづる参詣案内

宇治

五編追加

弥次の機嫌もやっと直って、みなみな寝床のある部屋へと別れていったが、さて弥次、例の汚れたふんどしが気になって仕方ない。みなの目を盗んでさっと窓から庭へ投げ捨てた。ところが朝になると大さわぎになった。ふんどしが松にかかっている。弥次も初めの内は「羽衣の松じゃねえで、ふんどし掛けの松も珍しい」とヨタを飛ばしていたが、お前のじゃねえかと追及されるとたじたじ。「おらァ木綿ふんどしは嫌いだ。いつも羽二重をしめる」といっていても、「お前のじゃねえなら裸になってみろ」と迫られる。

松のふんどしは庭番の男が竹の先でおろし、二階へさし出す。朝一番の笑いがこのようだから、筆者の私もついつい品格が疑われてしまって、大困りである。

さてこの日は内宮外宮まわりが予定。古市からの登り口にはもう早々と店が出ていて、小歌をうたう女に銭を投げて当てる遊びの店。しかしいくら投げてもうまくよける。銭さし一本投げても当らないというのがおかしい。重い銭さしを投げてもかえって当らないのに、金額ばかりは高いから確率が高いかと、一瞬読者はとまどう。

この上は北が小石を拾って投げてみると、女は三味の撥《ばち》でちょっと受け、投げ返すと弥次の顔へぴしゃり。

こうしたエピソードも参詣案内ついでの、笑い話である。

だから道が山田から宇治に入っても同じ。女物乞いが銭をねだってくる。

弥次も北も、まといつく物乞いに「寄るな、寄るな」といいながら、上手に追えない。その上、今度は七つ八つばかりの男の子の「ささら踊り」が待ちかまえている。しつこくねだられると我慢できないのが江戸者の性《さが》、つい北八が「ソリァやって行かんすぞ」ということになり「しかも四文銭だ」という始末。特別の銅の銭を投げてやったのである。

ふつうは一文銭を投げてやるところ。だから三文余分である。ふつうの買物なら三文おつりが来る。

そこでささら踊りのいうことがいい。「四文銭なら、つりを三文くだんせ」。もちろん返すべきつりの三文もくれというのではない。つり相当分の三文も、改めてくれというのである。うっかりすると幾らでも絞りとられかねないのが、雑踏というものである。

さて今度は内宮前の宇治橋。ここでも参詣客が川に銭を投げ入れる。いまだに旅人の、池だの泉だのに銭を投げ込む習慣が、しかも洋の東西を問わず存在するのは、いかなる理由か、よくわからない。

しかしそんなことに首をかしげるひまは、現地の物乞いにはない。投げる下から網を出して、銭をひっかけるばかりだ。

銭がとられてしまうことも同行の上方者が得意がって説明するところ。ちょっと銭をかしてみろといって弥次からもらった銭を投げると、さっと網が出て来て銭をさらう。また北から出させて投げると、また網がさらっていく。

あんまり他人の銭ばかり投げるから自分の銭も投げろと弥次がいうと、話をそらして以前の自分の経験を語り出す。

この前は銭十貫（一文銭を一万枚）をほうった。憎らしいほどよう受けるから網を破ってやろうと丁銀をほうったが、やっぱり上手に受けた。どうして網に止まったのかとつぶやくと下の男が「網の目に金とまるじゃ」とわしをやりこめた、という。

当時あったらしい「網の目に風とまらず」のパロディである。吹き抜ける風《かぜ》と金《かね》は違うという意味らしい。

参詣案内を笑い話でつづるようでいながら、物乞いのしたたかさ、江戸者の軽はずみ、そして京の者のケチぶりがきちんと書かれ、笑われているのだからコワイ。

㊹ 血まよった弥次

伊勢・外宮

五編追加

ところが、である。外宮の奥まで来た時、突然弥次が腹痛を訴える。持参の丸薬などを飲ませるがきかない。仕方なく近所の宿屋に入れてもらうことになった。

宿のあるじ曰く。ちょうどよかった。内儀が今月臨月で、気分がすぐれないから今医者をよびにやった。「あなたも診ておもらいなさんせんかいな」

程なく来た医者は、どうもいかがわしい。まずは北の脈を診、食欲を聞き、お前は健康だという。病人は別といっても比べることが先決と言い張り「医は意なりと申して脈体をもって勘考《かんこう》いたす所が第一でござる」といいすてて帰ろうとする。

あわてて北が病人を診てくれというものだから仕方なく弥次を診ることになる。すると、

「コリャ血の道じゃわいの。とかく臨月にはおこるものじゃ」。

男に臨月も血の道も、あろうことか。

北が「血の道はここの内儀のことだろう」というと、「コリャ人違いだが、お前も血の道にしておくと、持って来た薬が使える」と医者。

薬を盛る時を見ると竹の匙。ふつう医者は金属の匙だから、もうニセ医者はみんなに見破

られる。

しかし平然と薬を盛る医者。薬袋には絵がかいてある。字が読めないからだという。その絵がおもしろい。桂枝《けいし》の絵は道成寺。慶子《けいし》（中村富十郎）の当り狂言だからである。大黄《だいおう》の絵は閻魔《えんま》大王。陳皮《ちんぴ》の絵は火にあたる犬（チンの火）。山梔子《さんしし》の絵は産婦の横のお小便《しし》。半夏《はんげ》は毛の生えた印判の絵で、枳殻《きこく》は鬼《き》が屁《へ》をこく絵がかいてある。

薬と絵とはまるで別だが、意味や発音はそれぞれ通じている。なるほど漢字は絵の一種だった。

ところが内儀、産気づいたらしい。大さわぎの中でとり上げ婆が呼ばれてくる。あわてて帰った医者と入れかわりに弥次のところへ現れた婆、「寝ていてはならぬ。起きさんせ」と弥次をひきずり起こす。弥次「アイタヽ」といっても「しんぼうさんせ」。「菰《こも》はどうした」というのは、産所に菰を敷く習慣らしい。

「だれぞ腰を抱いてくだんせ」と婆がいうと、とぼけた顔で北が抱く。「痛《いて》え痛え。雪隠へ行きてえ」と弥次が悲鳴をあげると、婆は行くなという。

弥次「いけむとここへ出る」。婆「出るから、いけまんせと言うのじゃわいの」

弥次は力《りき》むと便が出るというのに、婆は力むと子が出るというのがおもしろい。雪隠へ行きたいというのと、力むの意味のいきむをかけてもいる。

婆「ソレウヽンウヽヽン〳〵」と声をかけて「そりゃこそ、もう頭が出かけた〳〵」。

弥次、いっそう痛がる。

をなぐりとばす。

「そりゃ、子ではねえ」とは弥次の一物を引っ張っているのである。弥次は、とうとう老婆

するとと老婆「血の道がとうとう頭に来た」とまたむしゃぶりつく。

一方、勝手の方では無事出産と見えて「おぎゃァ〱」と元気な声がひびき渡る。

老婆、それを聞いて「そりゃこそ生まれた。イヤここじゃない。どこじゃ〱」。

勝手では祝儀の歓声。めでたくめでたく、三国一の玉のような男の子が生まれた。

お伊勢参りで賑わう伊勢は、おそらくいろいろ違う人間や習慣がごちゃまぜの、天下のるつぼだったにちがいない。その中では、いかがわしいニセ医者もなりわいが成り立つほどだったのだろう。

雑然とたくさんの違いがよせ集められながら、しかし平然と日々が成り立っている「門前町」の、わい雑で逞しい力。

悲喜こもごもの珍劇を、作者は実際にお伊勢の雑踏の象徴として目にしたのだろう。

しかし珍劇の喜怒哀楽は、この場合も無事赤子が生まれてめでたしめでたしと、一挙に消えてしまう。

そんな人間万歳の精神も膝栗毛のおもしろさの大切な要素の一つである。

東海道中膝栗毛◎

六編

（伏見〜京、京内めぐり）

歌川広重『東海道名所之内京清水寺』

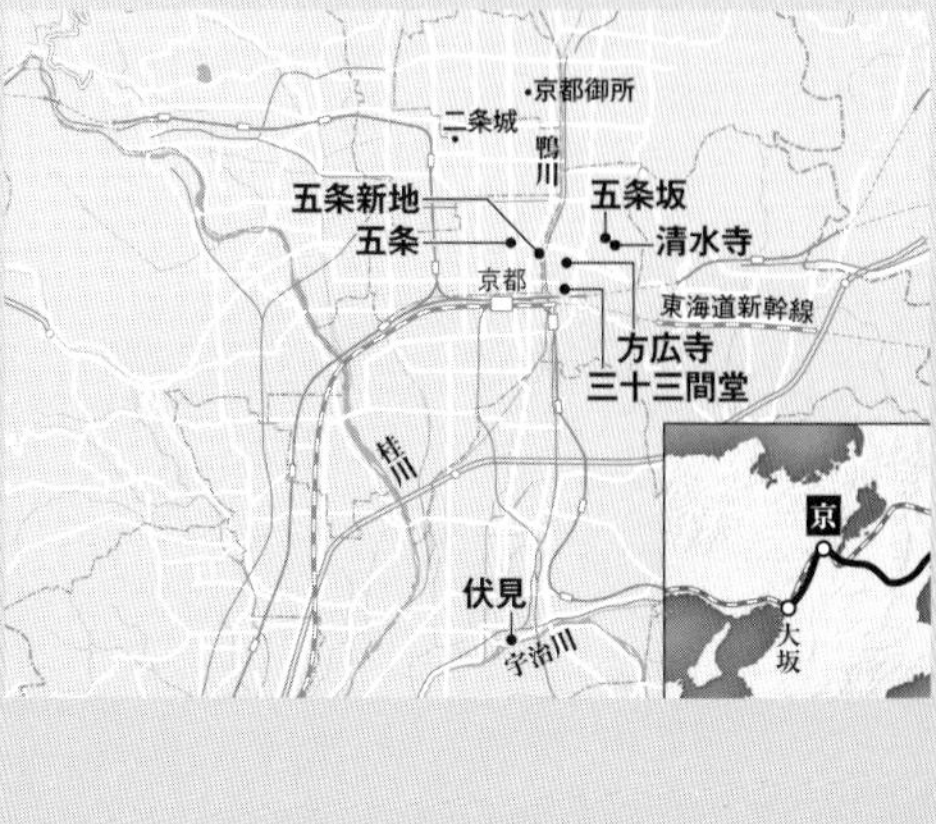

㊺ 江戸者はつらい

伏見

六編上

伊勢参詣をすませた二人は大和路をめぐって宇治へ出、京を目ざした。ただ、伏見の京橋へ来ると大坂行きの夜船が出ようとしている。それにつられて旅路を改め、ひとまず大坂見物をしてから京都へ行こうということになった。

船頭が船歌をうたう。「船は追風《おいて》に帆かけて走る　われは焦《こ》がれて身をあせる」

客はいろいろ。中に大坂は道頓堀の男がいて、道頓堀の衆は芸達者、みんなで歌でもやらかそうということになり、まずは長崎の男が国ぶりの歌をうたう。長崎名物の凧にかけた歌だ。

〽お前よか凧《はた》　わしょ振り棄てて　大分《よんにょう》　色女《しゃんす》と　契《ちぎ》らんす、コリヤ蛙《どんく》が飛ぶなら桶かぶせ　それでも飛ぶなら杵《きね》おけ杵おけ

次は越後の男。

〽お長《ちょ》な　良《よ》っ久《ぱら》かんだ　まめでたか　お長な（皆の合の手が）トコトントコトン

〽新潟《にがた》一番　水牛《すいぎゅ》の櫛を　トコトントコトン　主《にし》にさつ呉《く》れべいと　六百文で求めた　トコトントコトン

そこでお鉢が二人のところへ廻ってくる。何かやれといわれると「琴、三弦《さみせん》、鼓弓《こきゅう》何でもやるがここにはねえから始まらねえ」といばる。そこで、その口跡《こうせき》では声色ができるだろう。江戸役者をやれ、ということになる。

こうなると勢いづくのが二人の癖。声色は二十も三十も使えるが源之助か三津五郎か、イヤ高麗屋にしやしょう。しかし、江戸役者はお前たちには解らねえからつまらねえ、というのは、例のとおりの空いばりである。

口三弦《くちさみせん》をやるという客までいるから、弥次はもう引っこめない。

〽これはお江戸の堺町《さかいちょう》や、葺屋《ふきや》町に名もたかき、役者声色はどうじゃいな。誰じゃいな。松本の幸四郎でせい。チチチチチ　チン

と幸四郎（高麗屋）の声色を始めた。

「まんまと奪いとったこの一巻、これさえありゃア出世の手がかり。大願成就かたじけない」ところが客の一人の京男、江戸に五、六年いたから「高麗屋はそないな口跡じゃない」と言い出す。

それではと、大坂者が同じせりふをまねる。この男も江戸暮らしの経験があるという。大坂男、朗々と「まんまと……」とまねした上で最後に「トハ無調法《ぶちょうほう》」（これは失礼）とつけ加えるから乗合い客一同「イヨ高麗屋」と声をかける。最初にいちゃもんをつけた京男も「これは参った。大坂のお方のがほんまじゃ」と帽子をぬぐ。

さあ弥次は立つ瀬がない。追及はげしい京の男。「お前《まい》のは高麗屋とは聞こえんわいな」

これに対する弥次の言い訳がおかしい。

「聞こえんはずだ。コリャア信州松本の者で、幸四郎が弟子の胴四郎が声色だ」

役者の松本は高飛びして長野県の松本だったそうな。しかも幸四郎ではなくて胴四郎だとは、「どうしろ、こうしろ」ということばから作った駄洒落。その上「ど素人《しろうと》」の「どしろう」が胴四郎なのだ。弥次は素直に、私は「ど素人だ」と告白したのである。

弥次も北も、いつもめっぽう鼻息は荒いが、根は善人。すぐいじらしくなるから可愛気がある。

そこで客一同「そんなこっちゃあろ（そんな事だろう）ぞいなハハハハハハ」とへこんだ弥次をおかしがって幕となる。

弥次はしょげてだんまり。

船は諸国者のにぎやかな乗合い。その中ではいろいろなお国ぶりの披露されるのが楽しい。しかし一方、こう旅する同士であってみれば、それなりに他国を知った者の集まりでもある。江戸はよく知られているから、江戸者はつらい。

㊻ 淀川、夜船の尿瓶騒動

淀川

六編上

旅路がこんなに気ままなら、夜船で気ままに何事が起こっても、ふしぎではない。

弥次は夜中に小便がしたくなる。船頭は船べりにしゃがんでやれというが、そう器用にはできない。うろうろする内に、傍の御隠居が新しく買った尿瓶《しびん》があるからお使いなさいと言ってくれる。

ありがたいと手さぐりで尿瓶をさがすと手にふれたのが土瓶。それを形の変った尿瓶と心得た弥次は、土瓶に向かって用を足す。

ところがやがて御隠居、燗の酒が飲みたくなって土瓶をとり上げると重い。供の者が水でも入れておいたかと、弥次のしたものを川へ捨て、さて酒を入れて温めたものの、まだ小便が残っていた。

それをまず勧められて飲んだのが北。御隠居と二人で妙な味だと顔をしかめる。そこではじめて弥次は間違いに気づく。いくら勧められても酒を飲まない弥次の様子で、やっと事態に気づいた二人はげえげえと吐いてしまうことになる。

御隠居、改めて探すと空の尿瓶が出てくる。今度はそれに酒を入れて、めでたく熱燗ができた。そこで乗合いの客に振舞い酒が廻ることとなる。

ところが乗合い客の中に病人がいる。その病人から隣りの老人に廻った尿瓶酒が弥次のところへ廻り、弥次の茶碗になみなみと酒がつがれる。

さっきは「今夜は飲みたくない」などといって断っていた弥次が今度は一気に飲む。と、「コリャ酒じゃねえ。小便だ小便だ」

と大騒ぎになった。病人のところで尿瓶が入れかわり、弥次は病人の小便を飲んでしまったのである。

病人は首のあたりまで膿《うみ》が出ている、梅毒患者である。事もあろうに、弥次はその小便を飲んで「喉《のど》がさけるようだ。ああ苦しい」とげえげえいってみても、所詮は自分が原因をつくったのだから仕方ない。

汚い小便騒動を起こしながら、こんな因果応報で事をしめくくるのだから、十返舎一九の筆もめでたい。

そしてまた、もう一つおまけがついている。小便といえば大便、折しも雨が激しくなってこれ以上夜船をやることができなくなった船頭は、ひとまず船を岸に寄せて様子を見る。

好都合とばかり陸に上がって大便をした弥次と北、やがて空も晴れて、もやっていた船がいっせいに出るどさくさに、別の船に乗りこんでしまう。ところがこの船、反対の京都行きで、大坂と思って上陸したところが、出発点の伏見であった。

しかし何も知らずに他人の荷物をもって上陸した二人、茶店で休んでいるところで本当の持ち主から荷物をとがめられる。肝心の自分の荷物は勝手に大坂へ行く仕儀《しぎ》となった。

道中双六さながらに振り出しに戻った二人。しかしなくしたものは包みの中の古着だけと、さらりと捨てて京への道を上り直すのも、旅心の軽さと見てとれて、また快い。

㊼伏見のうすい甘酒

伏見再び

六編上

伏見で船を下りた二人、京への道を歩き始めて墨染、深草と打ちすぎ、稲荷のお社に参拝すると、ここらで一服しようということになる。

葭簾《よしず》を立てた茶屋に入った二人。弥次、

「おや甘酒があるの、ばあさん一杯くんな」

「はいはい、温《ぬく》うして上《あ》ぎよわいな」

ところが甘酒が運ばれてくるのを待つ間、北が妙なことをいう。

「ここの婆さんがお前《めえ》に気があると見えて、こっちばかり見て、おかしな目付をすらァ」

「ばかな事をいうな、婆さん早くくれ」といいながら見ると、たしかに婆さん、弥次の顔を見ては泣き見ては泣きする。

「どうした。お前目が悪いのかね」と弥次が聞くと、もう婆さん、わあわあ泣き出して「どうした」と北が聞くと語り出す。

「わしゃこのあいだ、一人の息子を失うたが、あのお方が似ているどころではない」

弥「俺《おい》らに似たとかえ。それじゃお前の息子もいい男であったろうに。おしいことをした」

するといえば婆、「それ、その濁声《だみごえ》の物言いから、やたらあばたがあって、色も黒うて鼻は獅子鼻とやらで、目がいかつい所まで、そのままじゃわいな」

「それじゃわっちの顔の悪い所ばかりがよく似たの」

さてこうなると北が口を出さずにはいられない。

「悪い所ばかりも気が強《つえ》え。いい所は一つもありもせんものを」

婆さんはさらに言いつのる。

「それればかりじゃないわいの。あの片方の小鬢《こびん》がはげさんした所までが、あないにも似るものかいな」

弥次はあほらしくなったらしい。

「人の顔の棚おろしがすんだら、その甘酒を早くくんな」

「ほんに忘れていたわいな」といいつつ婆がさし出す甘酒を二人ながら飲むが、北が声をあげて、

「ずいぶんうすい甘酒だ」

そこで婆さんの言うことが、話に輪をかける。

「うすうもなりましたじゃろう。わしゃ悲しうて、つい涙を甘酒の中に落としたわいな」

二人はびっくり。

弥次が、

「ええ、とんだことを。涙ばかりならまだしも、見りゃお前、水鼻《みずはな》を垂らしているが、そ

れもこの中に落ちやせんかね」

ところが、婆はさらにすごい。

「わしゃ見なさる通り、口の具合が悪いから、鼻汁《はなみず》と涎《よだれ》をいっしょに、甘酒の中に落としたわいな」

北「ええ、こりゃ情けないことを言う。こいつはもう飲めぬ」

弥「おらあ、つい飲んでしまった。いまいましい。さあ行こう」

北「婆さん、いくらだ」

婆「はい六文ずつ下《くだ》んせ」

北「水鼻はおまけだな。あい、お世話さま。ペッペッ」

おしまいは酒を吐き出そうとしてペッペッと唾を吐き出しているのである。

かくしてこの度は二人がうすい甘酒を飲んだというお笑い。伏見で、とかく甘酒をうすめて出すという評判があったのだろう。

名物は叩かれるのがふつうだが、実際、うすい甘酒を出しても客は名物に免じて飲んでいく。

そこに涙と鼻汁と涎を加味したのが作者の工夫である。今日から見るとまことに気持悪いが、それもいつものように「ペッペッ」で落ちのつくところがいい。

すぐに華やかな女の衣装や方広寺《ほうこう》の大仏の大きさに目を移らせて、旅は楽しく続けられるのである。

㊽ 穴から出す知恵の数かず

京・方広寺

六編下

京へ入ってまず参詣するのが方広寺。奈良の東大寺と並んで盧舎那《るしやな》の大仏さまが有名だった。御丈《おんたけ》六丈三尺。その大きいこと。

「掌に八畳敷けるげな」と弥次。するとすぐ北が、狸の何やらと同じだというが、さすがに弥次は「忽体《もったい》ねえことをいう」と救ってくれる。

鼻の穴も大きい。

弥「穴から人が傘《かさ》をさして出られると」。また北「人がさして出るからこの傘はまだいいが、おらの穴からは瘡《かさ》がひとりでに吹き出したわ」。梅毒の症状のカサをカサと掛けているのである。

仏さまの背中にも中に入る穴がある。北にいわせると「汐を吹くところだろう」。大きさを鯨と比べているのは、カサの駄洒落より、ことばのいなしが利いていて、おもしろい。

こうして話題は穴から穴。柱くぐりの穴も見つけた弥次、早速柱穴くぐりを試みる。抜ければ後生《ごしょう》安楽が得られるというからだ。

ところが半分入ったところで大男の上、脇差の鍔《つば》が脇腹につかえて抜けられない。痛いあまりに顔もまっ赤。北に手を引っ張ってくれと頼む始末。おもしろがって弥次の両手を引っ張るが「ア痛タ痛タ」というばかり。

今度は足を引けというから引くと、これもだめ、そこで首の方へ廻れといい、まだだめで足の方へ廻れといい、埒《らち》があかない。

やがて北に妙案が浮かぶ。一方からだけ引いているからだめなので、両方から引けば出るのではないか。周りの人に加勢を頼んで、おれの反対から引いてくれという。びっくり弥次「両方から引っ張っては出ようがない」。答えて北「出ようがなくとも、前へ廻り後へ廻る世話がなくていいわな」

参詣人も両方説に賛成。「体を引きのばしたらツイ出られそうなもんじゃあろぞい」。すぐさま北、そうだ酢《す》を一升買って来て呑ませよう、という。驚く弥次に、酢を呑むと痩せるからだと説明するが、参詣人「今の間に合うこっちゃない。どこぞから槌借りて来て頭を体へ打ち込まんしたがよいわいの」。北「それでは命があるめえ」。参詣人「そこは請合《うけあ》われんわいの」

次の提案者は遠国もので、いたってのんびり。人の難儀に愚見を述べてみようか、と切り出す。愚見とは、弥次の足先を裂いて、山椒粒を挟ませたら「ふとりでにつん抜けべいのし」。

じつは蛇が女性の体の中に入った時、蛇の尾を切り裂いて、山椒の粉で塞ぐと、蛇が自然に出て来るという処置が地方によって行われていたらしい。古い文献には同様の厄難が多く出てくるから深刻な問題だったのだろう。しかしそれが今、役立つはずはない。

北「ハハハ、そりゃ蛇が女に見こんだ時のことだろう。どうせ、そんなことであろうとおもった」

そこで次の客も知恵を出してくれる。「あのさんの体を柔かくするのがいい。土砂《どしゃ》取て来て、かけさんせいの」。これは土砂加持《かじ》のことだ。清浄な土砂を祭って死者にかけると、筋骨強直せずに棺内に入るという。だからこの場合の柔かさは死後の話。

悪乗りして口添えする田舎者もいる。「ぶっかけずとも、棺桶買って来なさろ。手足をちとべしおん曲げたら入るべしの」

結局振り出しに戻って北が何とか脇差を抜くことに成功し、みなで頭から押し足を引っ張ると、少しずつ体が出てくる。「ソレ出るわいの。ま一寸《ちっと》じゃ」。産婦よろしく「いきめ」といわれると弥次「アア、ウヽヽ」といきむ。「ハハハ、出る奴がいきむから大笑いだ」とみなが騒ぐ中、やっと弥次の体は柱から出た。

鼻の穴から柱の穴まで、蛇退治やら土砂かけやらが登場して、大仏さまの足下にも大騒動が待ち構えていた。人生、とんだ落とし穴があるということだろう。あなかしこ。

㊾ 京都の喧嘩うらおもて

京・三十三間堂

六編下

弥次と北の京都見物は、三十三間堂の喧嘩もその一つである。黒山の人だかりは例のごとくだが、違っているのはいきなり殴り合いもせず、日当りのいい所に立って、

「いったいお前はどこの者じゃい」

「堀川姉が小路下るところじゃわい」

「名は何と言うぞい」

「喜兵衛と言うわい」

「年は幾つじゃ」

「二十四じゃわい」

といった具合である。

この後も今年嫁をなくしたの、乳のみ子までいるのと話がつづき、見物客は退屈しはじめるが「もう帰ろうか」「いやその内殴り合いが始まるから待て」「そういっても家の客をほったらかして来た」「それじゃ連れて来い」と見る方も見る方である。

また軒下にしゃがみ込んで見ている者は知り合いから「かみさん」は元気かと聞かれると

今葬式を出そうとしていたら喧嘩だというから、放り出してきたという気の長さ。

そのあげくには当の本人どうしも「お互い着物でも裂いたら損だ」と喧嘩をやめてしまい、敵同士、家も同じ方向と、連れ立って立ち去る。

弥次・北、大笑い。「なるほど、上方者は気が長い。あんなうすのろの喧嘩など何処にある」という感想で終りとなる。

万事優雅な都ぶりと感心しながら、しかし腹の中ではからかい気分も抑えられない。「火事と喧嘩は江戸の花」という。「高級」すぎて花がないのである。

しかし、この喧嘩は伏線だったことが後からわかる。

『膝栗毛』では少し先のことになるが（第五十三回）、前倒しにここで紹介しておこう。

翌日のこと、ここから五条へ出た二人、思わず遊郭に迷いこんで、安宿に上がってしまう。食事をし、高い勘定にブツブツ言いながらも夜を迎えて女と寝床にもぐり込む。

と、丑の刻（午前二時）、女が北を揺り起こして、階下の手洗いに行くから着物をかしてくれ、という。下の連中をだましてやろうというわけである。

ところが二時間たっても女は帰って来ない。下は、女が男装をして抜け出したので大騒動だという。

やがてでっぷり太った大男の亭主が手下二、三人をつれて二階へ上がって来て、北の枕元に立ちはだかり「腹黒いことをしたな。さあ起きろ。頬見《つら》せろ」と怒鳴る。

北が女のかけ落ちの手引きをしたと思い込んでいるのである。亭主「お前が人に頼まれて手引きしたに違いないわい」。しかし北「こりゃ、貴様たち、妙ないいがかりはするな」。亭主「しょぴき降ろせ」

なだめ役に入った弥次までともに細紐でがんじがらめに縛られ、柱にくくりつけられる破目となった。

北がいくら手――いや手は縛られているから足を合わせて許しを乞うてもだめ。「尻《けつ》でもなめろ」と亭主に言われる始末。

結局は手引きをするほど賢そうでもないと縄をとかれるが、それにしても裸。納屋の菰《こも》でもかぶっていけ、いや俵がいいとさげすまれ、やっと弥次の合羽《かっぱ》をまとって外出となる。「合羽ずかしい身となった」というのがオチである。

さてこの亭主の悪態はすさまじい。あれほどの京の都の優雅さはほんの見せかけ。損得となるとガラリと変って口をきわめてののしるのが都の実情だという痛烈な諷刺のために、先ほどの喧嘩をおいたらしい。

しかしそんな諷刺を、さらりと滑稽仕立てで筆にしていく作者の強靭な精神に、私は感心する。

㊿ 清水の舞台からとんだ、ことになった

京・清水寺

六編下

話を少し戻そう。三十三間堂から道をたどって来たのは清水寺。御堂の前に老僧が机を出して観音さまの画像を売っている。「まことに霊験あらたか」というまではよかったが「目が見えなかった人が喋り出し、物が言えなかった人が聞こえるようになる。歩いてきた足の悪い人も治る。一たび画像をおがめばいかなる元気者といえども、たちまち極楽に救って下さろうというご慈悲じゃ。お代はたくさんにお気持次第」とまくし立てる。よく聞くと、みんなおかしい。

ところで清水といえば舞台から飛びおりる話が有名。北が弥次に「から傘をさして飛ぶのはこの舞台からだな」と問いかけても、すぐ話を引きとるのは画像売り。

僧「昔から願をかける方は仏に誓うて飛ばれるが、怪我せんのが有難い所じゃわいな」

弥「ここから飛んだら体が微塵《みじん》になるだろう」

北「折々は飛ぶ人がありやすかね」

僧「さよじゃわいな。えてして気のふれた悪《わろ》どもが来て飛びおるがな。この間も若い女中が飛ばれたわいな」

北「ハア飛んでどうしやした」
僧「飛んで落ちたわいな」
北「落ちてそれからどうしたね」
　こう次々に聞かれると僧の方、そろそろうんざりしてくる。「根ほり葉ほり聞く悪《わろ》じゃ」といいながら「この女中は罪障が深いから罰あたりで目を廻した」。北「鼻は廻さなんだか」「いや瘡《かさ》とみえて鼻はなかった」。性病で鼻が欠けたらしい。
北「そして気づいたか」
僧「気づいた」
北「気づいてどうした」。いよいよもって僧は辟易《へきえき》する。
僧「さてさて、しつこい人じゃ。聞いて何さんすぞい」
北「イヤ、わっちが癖として、聞きかけた事は金輪際聞いてしまわねば気がすまぬというもんだから」
僧「それなりゃ言うて聞かそかい。それからその女中はその下地もあったかして、俄《にわ》かに気がおかしくなったわいの」
北「ハテナ、おかしくなってどうしたね」
僧「百万遍を始めたわいの」。百万遍とは弥陀の称号を百万回唱える修行である。
北「百万遍始めてどうしやした」
僧「鉦を叩いて」

北「鉦を叩いてどうしたね」

僧「なむあみだぶつ」

北「それからどうだね」

僧「なむあみだぶつ」

どうやら僧の魂胆が見えてきた。「それからどうした」といくら聞かれても百万回念仏を言うつもりなのだ。

「その次を言え」といわれても「金輪際聞きたいと言うたではないか」と意地悪く言い返し「こなさん達も百万遍手伝うて下んせ」ともちかける。百万遍は女中の話だったのに、もう僧の百万遍修行に話はすり変ってきた。

弥次まで引っぱり込んで「なむあみだぶつ」。おまけに「鉦入れてやろわいな」と僧が叩き出し、「ハアなまいだア、チャン〳〵」。その上、僧は手水にいくからといって去り、後は弥次と北で、

「ハアなまいだア。チャン〳〵チキチ　チャン　チキチャン」

あげくの果てには内陣番の僧が出て来て、「うるさい」と二人は追い払われてしまった。

話の中の百万遍が、いつか現実となってバカ騒ぎをする破目になった。それも根ほり葉ほりの質問がはぐらかされ「きりなし話」にもち込まれた上でのドンチャン騒ぎである。話と現実が入りまじってみると、先立って画像の売り口上が錯綜していたのは、その伏線だったろうか。

読者も狐につままれたような気分で、気のおかしい女中が乗り移ったのかと思う。今ふうにいうとエッシャーのだまし絵仕立ての笑い話である。まさに清水の舞台から飛んだような、とんだことになった一幕だった。

51 花の都の裏通り

京・五条坂

六編下

清水寺から五条坂を下っていくと、両側には陶器を売る店が軒をつらねている。それを見ながら坂を下りると、もうそろそろ午後四時、宿屋の多い三条へ急いでいこうとしていると、向うから小便桶をさげ、大根をかついだ男がやってくる。

桶に下肥《しもごえ》の小便をしてもらって、大根と交換する商売である。

「大根、小便しよう」とよばって歩く。

北には「大根が小便しよう」と聞こえる。「ついぞ見たことがねえ」といぶかる。と、中間《ちゅうげん》（武家の雑用をする男）が二人やって来る。けちくさい風体である。

中間「コリャコリャ、わしら二人で小便してやるから大根三本よこせ」

まあこっちへと裏通りへ連れていくので、弥次たちも物見高くついていく。前においた小便桶に二人が用を足す。

肥取りの男、桶を傾けてみて「もうこれだけしか出んのかいな」

中「打止めに屁が出たから、小便はこれきりじゃわいな」

男「コリャあかんわい。もう一度体を振ってみさんせ」

中「ハテ小便を取っておいてどうなるものでもない。あるだけしたんで終ったわいな」
男「それじゃ大根三本はようやれん。二本持ていかせ」
中「小便は少くとも、わが物は代物《しろもの》がよい。他の者は茶粥ばかり食《く》うておるのと違って、こちゃ肉ばかり食うておるがな」
男「そうじゃとて、あんまりじゃわいな」
中「ハテやかましゅう言わんすな。家《うち》へ持ち帰って水まぜりゃ三升ばかりにはなろぞいな。早う三本くさんせ」
男「そないにくれくれと言い立てても、これじゃやれるもんじゃない。そこらへ行て、茶でも飲んで来て、もちょっとやらんせ」
こうやりとりが続くと、二人の出番である。
北「さいわい俺《わっち》が小便したくなったから、足して三本とりなせえ」。中間が気の毒がると北、俺も有り合わせ、軽少だがと小便を品物扱いである。男が桶を間近に置くと、北「俺のは一、二間遠くへ走る」と大きく出る。四メートル近く飛ぶとは。
男も大よろこび。「お前のは当地の物ではない。小便は関東がいい。当地の物は薄うて値打ちがない」と乗ってくる。こうなるといつもの通り、北は止まらない。
北「俺はいつも小便桶を首にかけて歩いた男だ」。男「それならこの桶を首にかけてお出《いで》んかいな。どこまでもお供していこ」。北少し尻ごみ。「イヤ近頃はそうでもない」
男は弥次にも声をかける。答えて弥次。

弥「イヤ以前は一時に一斗や二斗分も何の苦もなかったが、どうしたことやら近年は小便づまりで、さっぱり出ぬには困る」

それで男は妙案を出す。

男「小便づまりなら、えいことがあるわいな。一気にようなるこっちゃ」

弥「どうするとよくなるの」

男「アノ酒屋などで、酒樽の呑口《のみくち》から思うように酒の出んことがある。そないな時は樽の上の方へ、錐《きり》もみして穴あけると、じきに下からシウ〳〵と酒が走るものじゃさかい、お前の小便のつまらんしたのも、額口に錐もみさんしたら、すぐに小便が通じるじゃあろぞいな」

こうなると北「こいつは傑作」と笑うしかない。

いつも通りの話の飛躍がおもしろく、一間二間だの一斗二斗だのという誇張も、一九お手のものである。しかし小便を金銭がわりに商品と取りかえる即物性が建前をつき破る逞しさこそ、この話の狙いだろう。

しかもそれを、京の都の裏通りで、目の前でして見せるとは。都がもつ農村性。皮肉の苦みも利かせた話である。

㊾ お女中ことばにふり廻される

京・五条

六編下

裏通りとは反対に京の町は通りが華やかである。頭から被衣《かずき》をかけた女も、しなやかにやって来る。

ところがこの風習を知らない弥次、着物をかぶって来るとはと、驚く。北は「あの美しい女と話してみよう」と近づいていって、三条までの道を尋ねる。

女「わが身三条へ行きやるなら、この通りを下がりやると、石垣という所へ出やるほどに、それを左に行きやると、ツイ三条の橋じゃわいな」

女は御所奉公のお女中らしい。ことば遣いは柔らかだが、態度はいたって尊大。その上、人を冷やかす癖がある。この返事も三条の橋といったのは、じつは五条の橋である。

北、礼を言って別れたものの、いったいあの態度は何だと腹に据えかねている。弥次も「ハハハとんだ安くあしらわれた」といいながら「業《ごう》さらしめ」といきまく。その上間違って教えられたから、なかなか三条にたどり着けない。

ところが今度は先方から来る男が道を聞いてくる。

「モシモシ滑谷《しるたに》の方へは、どう参りますな」

さあ先程の物言いを真似る絶好のチャンスである。
北「ハアわが身滑谷へ行きやるなら、この通りをすぐに行きやると、ツイ滑谷へ出やるほどに」と、さっきのことばを大得意にくり返す。しかしそこが江戸者の軽薄さ。後がいけない。「ソレ転《ころ》んだら起きて行きや。牛の糞《くそ》を踏んづけたら、遠慮なしに拭いて行きやれ」

男は怒り出す。「イヤこやつ、ぞんざいな物のぬかしようじゃ。このあんだらめが」。「あんだら」は今日の「あほんだら」だ。
北「ナニあんだらたァ何のことだ。道を聞くから教えてやるのだわ」
男「イヤ細言《こまごと》ぬかすない（つべこべ言うな）。どたまにやしてこまそかい（一発頭にくらわしてやろうか）」

毎度のことながら、口から先に生まれた北八、こう険悪になってから、やっと先方を見定めることになる。

男の連れらしく集って来た男たちは見上げるごとき大男。長脇差を横たえ、どうやら相撲取りらしい。北はたちまちしょげ返る。「ハイ御免なせえ」
弥「こいつは生酔《なまよい》だから、どなたも了簡《りょうけん》してくんなせえ」

いや了簡ならぬ。お前たちはどこの者だときかれて「この三条に宿をとろうとしている」というと「ここは五条だ」といわれる。二人はやっと女にだまされたことに気づく。

二人のあまりもの阿呆さに相撲取り連中もついには笑ってしまう。「狐にだまされたのだろう」と言い言い「阿呆な奴らじゃ」と去っていってくれた。

阿呆のおかげでやっと命拾いをした。

いや、まだまだ命は危いのかもしれない。五条の橋のつづきには女郎屋が軒を並べ、潜戸《くぐり》の中には女郎が座って顔見世をしている。

弥「今晩、ここで泊るのも験《げん》直し」とはとんだこじつけだが、半値近くに値切れたこともあって泊りをきめこむ。

現われた女郎ふたりは吉弥と金五。

太織《ふとお》りの紬《つむぎ》の着物にビロードの半襟をつけている。屋根裏の天井が低い二階では大男の弥次がまず頭をぶつけたが、女はしゃんと立って歩けるほどの身丈。着物の褄《つま》を片手で横ざまに引き上げて来て「ヲヲしんど」といって坐る。

「ヲヲしんど」は挨拶代りのせりふだが、これも京ことばの一つ。そもそもが御所奉公の女中の物言いから始まって、それを真似たばかりに、事もあろうに相撲取りからどつかれかねない破目になった。

その一日の果てが、安女郎屋の飯盛《めしもり》まがいの女郎の「ヲヲしんど」で迎えられた次第である。

53 食事代をボラれた顛末

京・五条新地

六編下

さてまずは食事である。遊女の吉弥と金五が酒の肴をきめる。

吉「モシナ、ささ（酒）ひとつ上がらんかいな。お肴は何にしょうぞいな」

金「角《かど》のすもじ（寿司）がおいしいじゃないかいな」

吉「わしゃナ、かちんなんば（難波ネギを入れた雑煮）がえいわいな」

かちんでも家賃《やちん》でもいい、早くしな、という弥次の声に吉弥が階下へ立つと、残った金五は手鏡を出して化粧直し。今ようの車内の化粧とレベルは変らない。

やがて運ばれてきた肴。大きな平椀《ひらわん》が一人ずつ。驚いた弥次、「京はケチな所だと聞いたが、これは豪勢《ごうせい》だ」。北も「四百文では安いもんだ」と喜ぶ。

じつは料理すべても揚代《あげだい》の四百文の中に入っていると勘違いしているのである。

平椀の物はネギにはんぺんらしいが、北、上方でははんぺんを焼くと見てとって「まっ黒に焦《こ》げていらァ」。

吉「ソリャかちんじゃわいな」。かちんなんばは女の好物だから、勝手にとり寄せたものだ。

北「かちんというは聞いたこともねえ。どんな肴だの」

吉「ヲヽ笑止、あも(餅)じゃわいな」

北「鱧か。ドレドレ、ヤアこりゃ餅だく」

弥次は頭に来る。酒の肴に餅とはどういうことだ。酒を飲めぬ、というのはもっとも。女は酒嫌いだから一向に構わないのである。

女が次に注文したのは寿司、いま大人気の鳥貝の寿司である。これも女が食いたいからだ。

北「コリャバカ貝の剥《む》き身を寿司につけたのだな」

女が鳥貝だといっても、弥次「もう出すもの出すもの、変ちきな物ばかりで、酒も飲めぬ」という始末。

おまけに勘定書きが出て来ると揚代の他にかちん四匁《もんめ》、寿司二匁、酒が一匁八分でろうそく代が五分、しめて十六匁三分。じつは先程から行燈《あんどん》が暗い暗いと書いてあった。その正体が五分である。

北が怒って「なるほど京の者はあたじけねえ（ケチ）。気の知れた根性だ」、まけろまけろといきまくが勘定取りの女は泰然自若。京の者がケチといいながらまけろとはお前がたがケチなだけだ。しかも食べた後で高い安いといっても埒があかないと、後へ退《ひ》かない。

それでも一分（十五匁）でまけろと一分金を放り出すと、女はしぶしぶ下へおりていくが、気分をこわした二人は顔色がさえない。

そこへまた顔を出したのは吉弥、「おお辛気《しんき》やの」と相方の北の手をとって自分の部屋に引きずっていく。

そこで早速北の帯をときかかる吉弥。もう来ない金五においてきぼりを食った弥次の手前、北は「帯をといてどうする」と迷惑そうに声高にいうが「今夜は温《ぬく》い。お前さんじっとしていなされ。わたしが味ようするわいな」と吉弥は手を緩めない。

この色事も上方ふうで二人のまごつくところ。その上吉弥は大年増で如才ないから北の着物を放り出し、自分も帯をといて着物を北に打ちかけて、「さながら深き馴染《なじ》みのごとく、打ち解けたる態《てい》」にもてなした。

もうこうなると先程の食事代の味気なさはどこへやら。北八、すっかりうつつを抜かして、うち臥したというから単純である。

弥次・北の二人が江戸を旅立って以来、とかく風習の違いばかりが多かったが、京へ入るとそれがどっと増えて、ことばから食事から、色事の手順からすべてが違って江戸者があわてる様子が、活写されることになる。

しかしそれをいっきょに解決するのが女との一夜だとは。

人生他愛もないが、またホロ苦い。この夜も犬の遠吠の中にしだいに更けていった、という。

平和な夜に包まれたようだが、さて夜明けにおこった事件が先に述べた遊女のかけ落ちであった（第四十九回）。

吉弥にだまされたあげ句、丸裸で追い出されることとなった。人間万事、少し先をみなければ解らない。

東海道中膝栗毛◎

七編

（京内めぐり）

歌川広重『諸国名所百景』より「京都四条夕すゞみ」

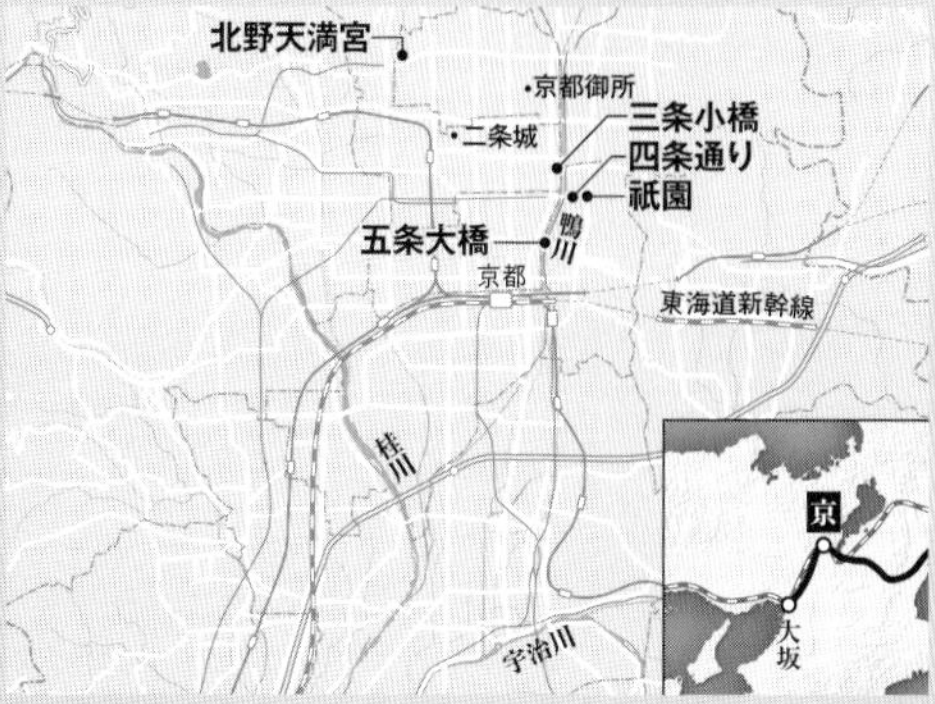

㉞ 古着、じつは幟の染物

京・五条大橋

七編上

五条新地で丸裸にされた北八、弥次の合羽《かっぱ》を借り着しているけれども、一刻も早く着物を買って身につけたい。

五条の大橋を渡ると、川風が身にしみるのか、いっそう寒い。そこで暖簾《のれん》に「ゆ」と書いた店があるのを見つけて、一目散にかけ込む。湯屋だと思ったからだ。

しかし入るなり裸になった北に、亭主はびっくり。じつは銭湯ではなく、済生湯《さいせいとう》という薬を売る店であった。

——身ぐるみ取られた北の後日談は、こんなエピソードをまじえながら、やっと古着屋で衣類を手にいれる段取りとなる。

ただ、それもテンポよくははかどらない。

古着屋で「寒い、寒い」というと、亭主いわく、けったいな人だ。この間も客が来たが、暖かい店だといって一日中日向ぼっこして、もう古着を買う必要ない、毎日日向ぼっこに来ようといって帰った。寒い寒いとは珍しいお客だ、と。

しかし江戸っ子の北にはじれったい。早く売れ、という。それでいて知ったかぶりをしたい。

北「俺も古着を扱うから、高値では買えない」

亭主「とするとあなたも古着屋で」

北「いや、質商売だ」

「それでは質をとる方か。入れる方か」と亭主がいうと、弥次が横からチャチャを入れる。「こいつは入れるのが商売」

「だから質に入れる時の値段を算段して買うのさ」と北。

おもしろいのは、そこから後の亭主と北との間が、客と質屋の問答にすらすらと移行していくことだ。

(亭)この古着なら、どんなにしぶい後家の質屋でも一分は貸す。――(北)いや貸さない。――(亭)一分が相場だ。――(北)それじゃ一分でもいい。しかしすぐ請け出すか。――(亭)もちろんすぐ請け出す。――(北)いや信用できない。この間お前の入れた股引の借り貸しも未解決。袷《あわせ》を貸したのも未払い。「子どもは病気、かかあは死んで葬儀も出せない」といったから特別に貸したのに。いっそのこと、この古着はあの袷のかた(担保)に取っておこう。

話はいつの間にか亭主が質に入れる客、北が質屋の亭主になる。そこで古着を担保にあずかろうということになると、北がタダで古着をもらうことになる。

凝った趣向が絶妙である。

もちろんそううまくいくわけはない。結局北は古着を安く買うことになるが、それでも値切って大満足である。

ただ、あれこれ言って得をしたつもりでも、世の中そう甘くはない。

古着を着込んでやっと元気の出た北、安物買いだったと得意になって歩いていると、さて行きずりのおやま芸者が「着物に大きな紋がついてじゃわいな、おう、おかし、オホホ」と笑う。連れも「あほらしい人じゃ」と笑う。

北がよく見ると古着とは幟《のぼり》を紺色に染めたものだったから、日向に出ると鯉の滝のぼりが透けて見える。

まんまといっぱい食ったのである。襟垢《えりあか》もついていないと喜んだのも、当然のことだった。「とんだ目に遭わしやがった。ぶんのめして来よう」といきまく北。しかし「みんな手前のべらぼうから起こったことだ」と弥次にさとされると「ええ、いまいましい」と北はおとなしくなる。

向う気は強いが案外すなおな江戸者と、のんびりしていると見えてしたたかな京の商売人の対比が作者の狙いである。

55 京ことばを知らなかった喜劇

京・祇園(1)

七編上

幟の仕立て直しとも気づかずに安物の着物を買った失敗のオチは、芝居小屋でつく。祇園《ぎおん》に出た二人、呼びこまれるままに芝居小屋に入りこむ。桟敷に陣どって、さて芝居がはじまり、下っぱ役者がぞろぞろと出て来ると、見物客は「いよう、大根の十把《ぱ》一からげ！」と悪口をあびせかける。おおぜいいるから「十把一からげ」である。

それを小耳にはさんだ北、「大根」とは芸名かと、とんちんかんな間違いをおこして、舞台に向かって「大根、大根」とよび立てた。

大向うから声をかけるのが通《つう》だと信じこんでいるから、北は大得意である。ところがそれを聞いた上方の見物客、役者に声をかけるように、北をからかって大声を出す。「いよう、盲禄《もうろく》さま！」

すると、舞台に向かっての科白《せりふ》と思い込んだ北、上方には「大根」だ「盲禄」だとおもしろい芸名の役者がいるとばかり、「盲禄うまいぞ」とまた大声を出す。

こうなると見物客はもう芝居そっちのけで北の方を向いて大笑い。

「阿呆《あほ》よ、阿呆よ、向う桟敷の盲禄の阿呆やーい」

怒った北八はどなり返す。

「何だ、向う桟敷の盲禄たあ何のこった。鼻ったらしめら」

こうなると弥次は多少心得があるから黙っていられない。「北さん、上方《かみがた》で盲禄というのは江戸の折助《おりすけ》（下働きの男）のことだ」とあわてて教えてやる。

「もうろく」の語源はこじつけの類《たぐ》いでしかわからないが、武家につかえる折助は午後六時（暮れ六つ）までに帰らないと門の中に入れてくれない。そこで「もう六《ろく》」というのだとか。「盲禄」は宛て字である。

それでは見物客は、なぜ北を盲禄ときめつけたのか。当時盲禄たちは紺染めの半纏《はんてん》を着ていた。半纏には主人の家の紋が染め抜いてある。

北が着ている着物が、それと似ていたからである。幟を着物に仕立て直したものだから、それが災いしたのである。

北八、さて事情はわかったが、そこですごすごと引っ込むような手合いではない。

「阿呆よ、阿呆よ」といい立てる見物客に向かって「こいつらはふてえ奴らだ」といきまく。

騒ぎは大きくなり桟敷番が飛んできて、北八を引っぱり出そうとする。

「こりゃ、どうする」

「芝居の邪魔になるわい。こっちへ来い」

「なに抜かしやがる」

さらに見物客もいっしょに、

「早よ放り出せ」

という大合唱になって、二人はとうとう小屋からはじき出されてしまう。

ところで、北がからかわれた「紺染めの半纏」は、じつは古着を買って町へ出た早々のところで、弥次が「紺染めの半纏みたいだから、俺のお供のようで都合がいい」といっていて、芝居小屋一件の伏線になっている。

このあたりを覚えている読者がいれば、小屋でのことを、案の定、と思うだろう。作者はそれも期待している。笑い話ながら作者の苦心のほどが見える。

しかもこの古着騒動の中にしのび込ませた芝居小屋の笑いの中心は、上方と江戸のことばの違いである。大根、盲禄を知らない、いなか者。しかもおっちょこちょいだからよけい、いなかくさい。

そのいなか者を芝居という文化装置の、しかも満座の中で笑ってやろうというのだから、おだやかでない。

しかし膝栗毛は爆発的に売れた。京のいやみだとか、いなかをコケにして怪しからんとか、と目くじらを立てない、この日本人の心のゆとりも読みとる必要がある。

㊻ 江戸版・ベニスの商人

京・祇園(2)

七編上

京都・祇園がにぎやかなことは、昔も今も変りない。人びとが群がり集まる店の中には、二人も川柳の「豆腐切る　顔に祇園の　人だかり」をとおして知っている田楽《でんがく》料理の店もある。美女が豆腐を切るというだけで、もう気の動くのがこの二人である。時刻も暮れ方、ちょっと上がって食事をしようということになる。

さりとて考えもせずに上がるのではない。「京では何でも他国《たこく》ものと見ると、とんでもない値段をいうから用心用心」といいつつ、酒、田楽そして酒の肴とあれこれ注文する。そのたびに値段に文句をつけ、内容も口うるさく注文をつけて、いかにも油断なく、賢そうに酒を飲み、飯を食べて上機嫌である。

しかし商売人の方が一枚上手なことはいつもの通りである。まずは酒が四斗樽《だる》の値段六十匁《もんめ》の上物《じょうもの》。一升では一・五匁。丼ものは五分《ふん》(五分は一匁の半分)。酒に換算すると一升の三分の一の値段。

硯蓋《すずりぶた》といって、硯がたの四角皿にのせて出す肴は二匁五分だという。同じように換算すると一・六升の酒の値段と同じである。

しかも酒は「水っぽくて飲めねぇ」という代物。そして丼ものもちょっと突っつけば一升びんを三分の一飲んだことになり、突き出しまがいの肴を食べると一升びんを一本半ほど空けたことになる。

次々と、すっかり飲み食いしてしまって、さて勘定はしめて十二匁五分。これまた酒に換算すると一升びん八本以上。

それに対して北はさっそく口をとがらせる。「高けえ高けえ。二朱《しゅ》ぐらいのものだ」と。二朱は七匁五分。

しかし弥次は落ち着いて金を払おうとする。なぜかと見ると空になった器を、弥次はどんどん荷物にまとめ、女中に向かって言いがかりをつける。

「この丼はいくらだ。この硯蓋はいくらだ。大ひら（煮物の椀）は、この鉢は、ときいたらそれぞれに値段をいった。だから持って帰るのに文句はあるか」。「肴の値段をきくのなら、ちゃんと『この硯蓋にもってある肴はいくらだ』ときいたはずだ」

騒ぎが大きくなって、台所から男が飛んで出てくる。そこで男がいう。

「仰《おお》せのとおりごもっとも。どうぞ器はお持ち帰り下さい。さてそこで食べた物の代金はまだ頂いていないから頂戴したい」

こうなったら弥次も後へひけない。「よかろう。いくらだ」。「七十八匁五分です」。「とんでもねえ。銅銭五、六百文（五匁ていど）のものだ」

男は講釈する。菜をひたした肴でも「東寺菜といって、特別に作らせたものでございますわい。虫の食った菜は除きます。茎の太さも選び出して揃えて出しますわい。こやしの糞も絹ごしにしてかけますわいな」。

弥次は承服しない。そこで男はいう。

「さて高いとお考えなら、召し上がったものを残らずお戻し下さいませ」

こう言われては弥次もかなわない。やっきになって抗弁するが、理窟でへこまされ、たじたじとなる。

最後は「いまいましいが金でもめるのは格好わるい。承知してやろう。覚えときやがれ」となる。江戸者根性は、どうやら負け根性らしい。

それにしても、この話、有名なシェイクスピアの「ベニスの商人」とそっくりではないか。肉は渡すが血を渡すいわれはないといって悪徳商人をへこませたせりふは、金を払わないなら全部吐き出して元へ戻せといったせりふ同様、詭弁《きべん》の勝利である。詭弁のおもしろさに出合う楽しみも、膝栗毛の一つの魅力なのだ。

その上、ギリシャの詭弁哲学が東へと流れて江戸の日本に上陸していたなら、世界文明史上まことに愉快だ。

詭弁もまた滑稽の一つだと一九が心得ていたなら、愉快さは倍になる。

㊼ 思わぬ梯子の功徳

京・四条通り

七編上・下

もとの四条通りに戻った二人、宿をもとめて三条へと足を急がせる。ところが大原などから京へと物売りに来た女たちが、頭に柴や薪、梯子《はしご》、すりこ木などをのせて売り歩いている。「さすがは都、どの女も小ぎれいだ。ちと冷やかしてやろう」とすぐ気の動くのが弥次である。梯子を買えともちかけられると「おもしろい、いくらだ」と乗ってしまう。六匁《もんめ》で売る――いや二百文にしろ――五匁ならいいか――いやだ、とやり合う。六匁を二百文とは三分の一に値切ったのである。

ところが女が「よしわかった。二百文にしよう」と言ってしまったから、さあ大変。あわてて要らないと言っても「要らないものに値段をつけさせることはない」と聞いてくれない。「私らをなぶろうとしたのか」と詰められ、やがて同業の女たちも加わり、弥次馬まで二人をとりかこむ大さわぎとなった。もう二百文で買うしかない。

冷やかすだけなら値引き交渉などしてはいけない。その辺りを間違えた上に、多勢に無勢となると、にっちもさっちもいかなくなるのである。

仕方なく梯子を頭にのせて持ち歩くことになるが、通りすがりの人からは「さては火事か」

と言われる。それに憤慨して、頭を一回転させると梯子が通行人の頭にぶつかる。しかし通行人が「おかげで、額のこぶが無くなった。どこぞに落ちてないか見てくれ」と言ったというから愉快である。

ところがこれにも「そんなにこぶが欲しけりゃ、いくらでも作ってやらあ」と調子に乗るから、京都衆も黙っていない。おまけに腕に自慢の男どもがつかみかかって来ると、北八が仲介に入るしかない。

いつもの事だが、このあたりの呼吸のためには二人コンビを登場させる必要がある。漫才コンビの先祖といえるだろう。

さて梯子持参でやっと三条の宿に入った二人、やっぱり梯子が話題にならないわけにはいかない。

「お荷物は」と亭主。

「梯子一丁」と北。

てっきり、梯子を買って家に帰る客だと亭主が勘ちがいしても仕方ないだろう。ところが違う。江戸者が梯子を持っている理由話を作らなければならない。北が長々と語る理由はこんな作り話だ。

江戸での知り合いに京者がいる。その者のところへ京の父親から梯子をかつがせた使いが来た。父親は字が書けないから「京へのぼってこい」という意味を託したものだ。

一方江戸の知り合いも字が書けない。そこで北のところへ、この梯子と坊主一人をよこして、代りに京へ行ってくれと言う。坊主は撞木《しゅもく》を持っている。撞木は鉦《かね》を叩く道具だが、鉦はもっていない。

つまりは、京へのぼりたいが、金がない、と言いたいのである。そう頼まれて、しかし坊主は現地調達ときめて梯子だけもってきた。

以上作り話の出来はいかがか。

「それにしても梯子持参じゃ不自由だったでしょう」と亭主に言われると、いっそう話は手がこんでくる。

いや、梯子持参の道中はとても便利だ。だいたい馬に乗る時も梯子をかけて乗ることができる。その上、大井川でも安倍川でも、川越しをする時は蓮台《れんだい》に乗ると人足四人分の賃銭のほかに台の貸し賃が人足一人分かかる。ところが梯子に乗って渡ると人足四人分ですむ、と。

そもそも大原女《おはらめ》たちが梯子を頭に乗せて売りにくるなど、聞いたことがない。しかし奇想天外な趣向をまず設定しておいて、梯子持参の旅が便利だというこじつけをしていくと、読者は笑いながら納得してしまうだろう。

なるほど旅をする時は梯子をもっていこうと考える読者がいれば、天下はいっそうめでたい。

㊿「ケイタイ」できない梯子

京・三条小橋 (1)

七編下

現代は携帯電話が大はやりである。というのも、およそ決まったところでかけるものと万人の思い込んでいた電話が持ち運びできるのだから、飛びつかない方がおかしい。しかも軽便。折りたたみ傘や折りたたみ自転車なんかと同じで、携帯するにはコンパクトでなければならない。

旅人を主人公にすえた十返舎一九も、想を練るうちに、そのことに気づいただろう。当り前のことだから。

となると、今、弥次と北を困らせる物として、もっとも非軽便で、もっとも携帯しにくい物を探したはてに、梯子に思い到ったとは、何とも絶妙なアイデアだった。

はたせるかな、珍事がおこった。だから二人に梯子を持たせた着想を、一九がそうそう簡単に捨てないことも、よくわかる。

三条小橋の宿に泊った時のこと。亭主が近所からよんできた乞食坊主が、『ひらがな盛衰記』の梅が枝の芝居をやりはじめると、宿の家族総出で熱が入る。

すると弥次、外に置いてあった梯子をもって来て鴨居にたてかけ、芝居小屋の二階に見たてた。そして梯子の途中から金をばらまく。

思わず坊主が金をかき集めると、ただまいただけだと、とり戻そうとする弥次。争う間に梯子は倒れて、娘の腹にあたり大騒動となる。

そればかりか女形になって熱演中の男も目がうつろ。「ああ苦しい。びっくりしたついでに金玉が上へつった」。睾丸が上るとめまいを起こすらしい。しかし女形の睾丸だというところが狙いである。

「どうしよう」と皆が騒ぎ出す。

さあ北の出番だ。

「銭膏薬《ぜにごうやく》を盆《ぼん》の窪《くぼ》に貼ればいい」。銅銭相場が上がると金相場は下がるからである。

娘はまだ苦しい。

母親が「誰か医者をよびに行ってくれんか」というと、女形の男「もう治ったからわしが行こう。その代り寺へは誰か行ってくれ」。

こちらは早手廻しに葬式の準備である。

北は北で、娘が脾腹《ひばら》が痛いというと「いたいひばらは都の生まれ……」とやり出す。「自体《じたい》我らは都の生まれ……」のこじつけである。

亭主は怒り出す。

人の娘に怪我をさせておいて口合《くちあい》（冗談）もないだろう、と。弥次が「人の娘に怪我さしたとは、わしゃ恥かしい」というから、よけい怒る亭主。娘を傷物にしたようで恥かしいというのだ。

一方、おろおろする母親。

「こなさんは下手人《げしゅにん》じゃ」と弥次につめ寄り、娘を抱いて水よ気付けよと騒ぎ出す。弥次は北に「どだいお前がいい加減なことを言うから悪い。お前に下手人をゆずる」と下手人のゆずり合い、「そんなら拳《けん》で負けた方だ」という始末。

やがて医者も来て、娘の痛みがおさまったのは何よりであった。

詫び状を書いて宿を立つが、梯子はもっていけと言われる。そもそも、梯子をもち歩く二人を泥棒の手先とさえ怪しんでいるのだから。

仕方ない。梯子をもったまま、旧知の男をたずねる。梯子持参にびっくりする男。それに対して北、「すまいは中立売《なかだちうり》ひょいと上がる所だ、と言ったから、高い所なら梯子をかけて登ろうと思ったのだ」とダジャレをとばす。

二人は旧知の男の家で、なんとか梯子を始末できるだろうか。あるいはまだまだ梯子を持たせて、一九先生、何かをたくらんでいるのだろうか。

㊾ 与太話の馳走

京・三条小橋(2)

七編下

旧知の男とは道中で知り合った京者の男。男は与太九郎。

与「お食事はどうじゃな」

弥「アイ中食はまだ致しやせん」

与「ソリャお楽しみじゃわいな。酒《ささ》などあげたいが、この辺に酒屋はなし」

北「酒屋はじき隣りにあるじゃねえかえ」

与「イヤあこでは、小売は致しませんわいな。折角のお出《い》で、お煙草でも上がりなされ」

北「煙草はこっちのだから勝手に致しやしょう」

与太の話はますます尽きない。

もう少し季節が後だといい物がある。

桂川の若鮎の塩焼か魚田《ぎょでん》(田楽焼き)。四条の生簀《いけす》が近ければお伴していこう。

鰻は賀茂川でさらしたのがうまい。あそこは玉子焼もいい。

秋なら松茸が当地の名物、取り立てをすましの吸物にしてもちょっと山葵をおとして酒の肴にしても、なんぼう食うても飽きない。——

つまりは話ばかりで何も出ない。こらえかねた北八はそっと抜け出して隣りの酒屋に飲みにいった。話でごまかそうとしている与太はもっぱら気付かないそぶり。

与「何時の間に去《い》んだか」

弥「松茸の吸物が出たところで中座した」

与「ソリャ残り多い。後段はまだ菓子の話致そうもの」

後段とは食後のこと、食後と話の後半とを、かけたのである。

弥「イヤもう、先ほどから大きに御馳走になりやせぬ。おかげでひもじい」とは可哀そうな弥次。「大きに御馳走になった」とはいっても「なりやせぬ」とは尋常でない。せめてものユーモラスな反撃だろうか。

ところで二人は、この男からへ理屈をつけられて二百文をとられてしまう。こうなると、梯子は厄介物だが、置いていくと男が売っ払って金もうけをするだろう、いまいましい。置いていくわけにはいかない、ということになる。

二人はせっかく花の都にやって来たのに昨夜は破目をはずし、今日は食えもしない名物を並べた与太話で安くあしらわれてしまう。

こうなると無用の梯子は、江戸者の性《さが》の象徴かもしれない。無用の性をひきずって、都中を歩き廻るお上りさん、梯子の決着はまだまだつかない。

⑥⓪ ふんどしの紐が切れた音

京・北野天満宮（1）

七編下

また梯子持参での北野の天神様参りである。南からの参道ぞいの、とある茶屋に梯子を立てかけて「ちょっと預っておいてくれ。帰りに寄って休むから」と言うと、茶屋ではどうぞどうぞと引き受ける。

梯子を茶屋にあずけほっとして境内に入った弥次と北、折しも昼どき、紙屋川のほとりの茶店で腹ごしらえをしようと思い立つ。

縁先に腰をおろすと弥次、早速に女中と軽口をたたき合う。女中が干し鮎を出しながら「これが私の心もち」と言うから合点がいかず、何だときくと「お前さんが川鮎《かわあゆ》（かわい）いということだ」と女中。すると弥次、すぐに皿から生姜《しょうが》をつまんで、「これがわっちの気持だ」という。心は「はじかみィ」（恥ずかしい）。生の生姜をハジカミというからである。

ところで二人が衝立の向うを見ると、むさ苦しい出家が二人、食事をしている。会話から、二人の名前が役戒坊《やっかいぼう》と持戒坊《もっかいぼう》だとわかる。当時、厄介を「やっかい、もっかい」といったことからの命名である。

話題はお互いの髪型のことらしい。出家だからふつうは髪がない。ないはずの髪を話題にしているところから、もうこの話題の落ち着き先にあやしさがチラチラ見えている。

たまりかねた弥次、ついに「ふしぎな風体はどこのお坊様か」と聞く。「空也《くうや》堂の者だ」と答える。それにしても、どうして空也堂というのかと弥次。われわれは大飯を食うからだとの答え。このところ一九先生、徹底的にダジャレ戦法である。

しかもダジャレ戦法は、形をかえて延々とつづく。こういう次第だ。

まずは、大食いときくと、またまた負けるものかと話をどんどん大きくするのが弥次。

わっちも食ったもんだ。いつだったか信濃へ旅をしたら、宿屋で朝食にと座頭の頭ほどもある握り飯を出した。信濃は飯食いの本場だから子どもだって十四、五個は食べる。だから わっちは十七、八ばかりも食った。その上麦飯を炊いたといって、とろろ汁を摺鉢に二十ばかりも用意してある。ちょっと食べてみると口あたりがいいので、摺鉢に五、六杯も食ったでしょうか、と。

もちろん、大ボラである。

ところがこれを聞いた役戒坊が一つの提案をする。「飯盛り」をしよう、というのだ。酒を飲みあうのが酒盛りだから、飯を食いあうのが飯盛りだ、とか。

飯盛りは一方的に始められてしまう。山盛りについだ茶碗を交互に食べる。持戒坊も二口三口でぺろりと平らげる。

酒には「つけざし」といって、口をつけた盃を他人に廻すことがある。それなみにいうと飯は「くいざし」だといって食べさしの茶碗を廻してくる。髭むくじゃらのきたない口で食べた上に水鼻が垂れている飯である。

弥次が嫌だといっても許さない。それではじゃんけんだといっても、負けてしまって食べるしかない。

その上、丼が飯でねばねばするといって手水《ちょうず》で洗ってくる。用便をすませた後の手を洗う手水鉢だから、どうして食えるかと弥次は怒ってみてもらちがあかない。

その内弥次のへそのあたりでぷつんという音がした。あんまり腹が張りすぎて、越中ふんどしの紐が切れた音だ。

あげくに勘定はワリカン。あらかたは二人の坊主が食ったのにと文句を言っても、まああ仲好く飯盛りをしたのだからと、なぐさめられるだけである。

飯盛りも酒盛りのダジャレだから、北野天満宮の一連はダジャレできめているようだが、作者の狙いは、むしろお調子者が高い飯代を払わされるところにある。

江戸者は鼻息ばかりは強いが、したたかな空也の鉢たたき僧には一たまりもなくやりこめられてしまう、そんな都会のひ弱さを、一九は痛烈にやじるのであろう。

㊀天神様におあずけした梯子

京・北野天満宮(2)　七編下

さて参詣もすみ、腹も満ち足り、天満宮を後にすることとなるが、梯子は南門の外の茶屋にあずけたままである。

うまくこのまま立ち去れば厄介物から解放されるのだが、近づいてみると、やっぱり立てかけてあるではないか。

じつは天神様にはいくつか門がある。一条通りに出る東門もあるのだが、そこが田舎者の悲しさ。東門から出る道を知らない。作者としてはそのままの道を引き返そうとする田舎者を笑う魂胆である。

店の前を通れば、とうぜん梯子をもっていけというだろう。

しかしいい知恵が浮かんだ。折しも借馬《しゃくば》が通りかかる。この馬の向う側に隠れて歩けば茶屋から見えないはずだ。

ところが馬、どうしたことか当の店の前まで来るとぴたりと止まってしまって、もう動かない。出ていけば茶屋の者に見つかる。出るに出られずじっと我慢しているしかない。

馬喰「エ、このならずめは、何しおるのじゃ。日が暮れるは、やい」

いくら打っても動かない。

そればかりか、そのうち馬が小便をしはじめた。「しゃアく」

弥次も北も飛ばっちりを受けて小便だらけとなった。

弥「エ、コリャ又なさけない目に遭うことだ」

北「ア、くさいく、ソレ弥次さん、おめえの方に流れるは」

弥「畜生め、とんだ目に遭わせる」と小便から飛びのくと、向うの茶屋の店先にいる女が、目ざとく見つけて、
女「モシナくこっちゃでござりますわいな。サアお入りなされ」

北「ソリャこそ見つけられた」

弥「コリャたまらぬく」

もう逃げるしかない。一目散に駆け出すと茶屋の亭主が飛んで出てくる。

亭「コレナ梯子がござりますわいなヲヽイく」

二人は息を切らして駆け出した、とか。

この幕切れ、狂言で「やるまいぞ、やるまいぞ」と追いかけて幕となる趣向をほうふつとさせる。

『膝栗毛』が卑猥だったり下種《げす》にみえていたりすることは否定できないが、こうしてみると日本人が伝統として無意識に心に湛えてきたものに、この作品も深く根ざしていることがわ

かる。

狂言の夫婦物は、粗野ではあるけれどもしみじみとした愛にみちていて、人情の温かさを感じさせる。「やるまいぞ」はその典型だ。

一九がこの型におさめて「梯子騒動」というユーモアの切りをつけたのも、りっぱなことであった。

そしてまた、時としては大いに有効な、しかし多分にやっかいな梯子の処理を天神様の境内でしたことも、意図的だったらしい。

なにしろ知恵の神様。その知恵におあずけした解決も、一九が意図的に設定したものだったのか。

馬の裏側に隠れて逃げ出そうというのも、りっぱな馬術と技術はひとしい。同じものでも武士が演じれば馬術として賞賛され、弥次・北がやると笑われるが、この馬術をヒントとして二人がやろうとしたと考えるのがいちばん楽しい。

天神様の東にはちゃんと馬場があり、古来格調が高い馬場だ。借馬とはいえ天神様の馬なのだからりっぱである。

一九先生、なかなかやりますな。

ただ、それだのにしゃく〳〵と小便をさせて飛沫をあびるという、俗っぽさと笑いのめしが、一九の身上だろう。

こうして二人の様子を息せき切って逃げ出したと読者に告げながら、その後二人は、今夜は島原の廓を見て、揚代の安い女郎屋でもあったら泊ろうと言いながら見物して歩いたと述べる。

せめて天神様が梯子をあずかって下さったのだから、もう少ししおらしくすればいいのに、いつものパターンである。

それはともかく、それこそ梯子の話をハシゴのように語りついで、心からはればれとしたのは下り船に乗って大坂に下ろうとした時だった。京の別れがハシゴとの別れだった。

東海道中膝栗毛◎

八編

（大坂見物、生玉～住吉）

歌川広重『諸国名所百景』より「摂州難波橋天神祭の図」

㊷ オオカミにだまされる江戸者

大坂・長町

八編上

そもそも江戸住まいの十返舎一九は、江戸をどう思っていたのだろう。さんざん二人の江戸者を失敗の憂き目にあわせたあげく、大坂に入ってからも、一九は弥次と北を、江戸者としてからかいつづける。

淀川から陸へ上がったのは八軒家、そこから南へいって長町の分銅河内屋《ふんどうがわちや》に宿をとると、さっそく「女あんま」がやって来る。「大あばた」ながら色気たっぷりに腰をふりふり、手さぐりでやって来て、揉《も》ませてくれという。

するとすぐに「こちらから揉んでやりてえ」というのが北。そのことだけで女は「お前さん方はお江戸じゃな」といい「わしゃお江戸のお方が好きじゃ。殿御は男らしくて物言いがえらいすっぱりとしていて、いい」ともちあげる。

早速、北が「目の見えないのが残念。とんだいい男がいるのに」。弥次が「年はいくつだと思う。あてたら二人とも揉ませてやろう」と図に乗ってからかうと、女は「二人のお年は二十三、四と四十ばかり」、そして「お顔はよう道具が揃っている」とうまく答える。

しかしその揃い具合たるや、北の顔は「鼻は獅子舞鼻」、弥次の顔は「色が黒くて鼻が開いて髭だらけ。おまけにぶよぶよ肥《ぶと》り」。そのものずばりで当っているのだが、「あんま」は見えないはず、弥次は「おいらはすんなり男だ」と、調子に乗ってやまない。

けっきょく揉ませることとなったところへ、菓子売りの女が入って来る。「いい菓子だ。おれに売る気か」と北がいうのは、色を売る気かという意味だ。

女も負けていない。「お前さん方に売りたくて売りたくて走って来た。もう惚れたから菓子を買ってくれ」

菓子を食べるとなると茶がいる。菓子箱をおいて女が台所へ立つと、北は重ねてある箱の下の方から、さっと五、六個とり出して、後ろにかくした。ところがさっきの「あんま」、何とそれを自分の袂へ入れる。弥次も三つ四つ盗んで後ろにかくすと、またもさっと手を出して、袂に入れる。

もちろん二人ともそれに気づかない。菓子売りが戻る時には下の箱もきちんと積み直したから、上出来と思い込んでいる。

さて勘定。食べた分が百文だという。例によって二人は「高い、高い」というが、今さら仕様がない。ぶつぶついいながらけっきょく相手のいいなりになるのが、この連中の常である。

しかし女二人が立っていった後は弥次と北、上機嫌。なぜなら盗んでおいた菓子があるはずだからだ。

ところがどこにも見当らない。しかもやがて蒲団と枕をほうり込んでいく女を見ると何とさっきの「あんま」ではないか。

あきれた二人、来合わせた女中に事情を聞くと「そりゃ目が見えないふりをする方が、『あんま』はとかく客に気づかいをさせないで得《とく》。あの女は『あんま』をして帰りがけにはこうして手伝ってくれる」という返事。

要するに目はちゃんと見える。だから二人の人相も当てられたのだし、菓子もすぐ袂に入れることができた。

菓子にいたっては、この女中も分け前にあずかったといって袂からとり出す始末である。しかしもともとはくすねた菓子だから弥次も北も文句のいいようがない。菓子売りの女も、くすねたのを知っていて、高くふっかけたのかもしれない。

それにしてもいまいましい。「上方の奴らは下腹に毛が無《ね》えんだ」と二人はいきまく。当時、老獪《ろうかい》な者を「下腹に毛のない狼」といったらしい。

読者にしてみればお調子者がからかわれるのがおもしろいのだが、こうして一九は江戸者の二人をからかいつづける。さらに上方をののしる虚勢まで二人にあたえて、作者は多少の同情を寄せてみせる。もちろん、その虚勢が軽はずみを助長していて、またいっそうおもしろいのである。

㊸ 地図にかなわない望遠鏡

大坂・高津の宮

八編上

じつは二人、騒動の前に、相宿の丹波の男の荷物からころがり出た箱を、蒲団の中に隠しておいた。丹波の男は昼間、さとう漬けをふるまってくれた。弥次はその容れ物とにらんだのである。そこで、蒲団に入った二人、箱をとり出して、中の物を食べようとした。

ところが、かじってみるとやたらに固い。妙な匂いもする。だんだんおかしくなって騒ぎ出すと、丹波の男も起き出してくる。男、二人をみるとびっくり。「これはわしのかみさんの骨だ」という。いま高野《こうや》へおさめにいく途中。大切な仏を食いおった。お前は鬼か畜生か、と泣きわめく仕儀《しぎ》である。

結局は、食ったのは悪いが、お前も容れ物がころがり出たのを知らずにいたのが悪い。五分五分だと妙な理屈で決着がつく。

それにしても、どうして骨をかじる話まで持ち出したのだろう。

この話のしめくくりは「いま人の骨をかじるのも道理、むかしは親のすねをかじった身だから」という狂歌である。脛《すね》かじりと骨かじりのモジリを、作者はどこかで使いたかったのだろう。やっと使えたというところか。

それにしても骨の折れる工夫でありました。

さてその後、二人は高津《こうづ》の宮に参詣する。仁徳天皇の都のあと、例の一首「高き屋に 登りて見れば 煙立つ 民のかまどは 賑はひにけり」と天皇が詠まれたところである。

この歌どおり、場所は高台にあった。その地形を利用して、茶店が、眺望を楽しむ望遠鏡を四文で客に貸している。その口上がおもしろい。

大坂の町は蟻が這うのまで見える。近くでは道頓堀の群集、あの中に坊さんは何人いるか、老若を問わず顔のあばたの数まで見える。女は器量のよしあし、焼芋を買って食べているのも、川岸で小便するのもよく見える。橋のたもとでは浮浪人が何匹しらみを取ったかまで、手にとるようによく見える。

さあさあ借りてごらんという次第である。しかも、そればかりではない。

風景を御覧とあらば淡路島から須磨・明石。船頭が何ばい飯を食ったかまで一気にわかる。

という大ボラぶりである。いやこれでもまだ足りない。つづきがある。

眼鏡を耳にあてると芝居役者の声色も、付け拍子木を打つ音も残らず聞こえる。

眼鏡を鼻にあてると道頓堀のうなぎ屋の匂いまでぷんぷんにおってきて、食ったも同じになる。

というのだから言いたい放題である。

しかし、言わせておくだけでは当代随一の人気作家としての一九の名がすたる。弥次をして、一矢むくいさせる。

「もしもし眼鏡屋さん、評判の色街、新町は近くに見えるかね」

眼鏡屋は得意になって答える。「さよじゃ、もうこの山のすぐ近くに見える」

ところが弥次は言う。「それじゃ遠くに見えることになる」

「?」と眼鏡屋。そこで弥次。

「高津と新町の間はたった一寸二、三分だ」

「そりゃお前、絵図で見てかいな」と唖然とする眼鏡屋。

「そうじゃそうじゃ、まずはお宮へ参ろう」と弥次は上機嫌である。

眼鏡屋の売り口上は遠いものを近くにする大ボラ。反対に弥次の復讐は、地図をたてにとって地図で近いものを遠くする眼鏡への非難である。いくら眼鏡が遠いものを近くするといっても、地図にはかなわないだろうという、当世はやりの望遠鏡への皮肉もある。

しかしこんなへ理屈は筋が通らない。通らないへ理屈も、高津の宮の御利益によって許していただこうという魂胆である。

64 上方トイレの江戸長唄

大坂・谷町通り

八編上

高津の宮から谷町通りに出た二人、何となく腹が淋しくなったので居酒屋に立ち寄る。肴《さかな》はいりがら（脂をとったクジラ肉）、鳥貝、にしんの昆布巻き。すべて、上方の肴を並べるのも、上方風俗の紹介である。

さて、そこまではまことに結構なのだが、北八がトイレに行きたくなったことから椿事が起こる。

少しでも早く用足しして部屋にもどり、酒を飲みたいのが北八の心情、そそくさとすませて、あわててトイレの戸を開けて出たところ、様子がまったくちがう。

じつはこのトイレ、二軒兼用のものだから両方に戸がついている。北八は反対の戸を開けて別の家の方に出てしまったのである。

北は隣りの家のじい様から戻り方を教えられるが、結局トイレを通って帰ることになる。しかし戸を開けようとすると内から咳ばらい。声で気づくとトイレにいるのは弥次であった。「早く通してくれ」と北はいうが、しかし弥次「いや待ってくれ。りきむのは体に大毒というから、ひとりでに出る時節を待っているので暇がかかる。ああ退屈だ」といったかと思うと江戸長唄「京鹿子《きょうがのこ》娘道成寺《むすめどうじょうじ》」の初めをうなり出す。のみならず「北さん口三味線をたのむ」という始末である。

「早く出なせえ」「気が長い、何の事だ」とわめく北を他所《よそ》に、弥次は悠々と「娘道成寺」をうなりつづける。早く早くと北が言うと、「もう用はすんだが、『山尽くし』の段までやらかそう」と弥次は止めそうにない。

一方北は戸をどんどんたたく。そのあげく、掛け金がはずれて北はトイレにころげ込んでしまった。ところがちょうど弥次が出た後であった。

おどろいて飛んで来た亭主に「出入り口二つのトイレが悪い」とくってかかると、亭主は「そもそも二人でトイレへいくことがあるかいな。あほらしい。それより戸が壊れてしまった」とお冠《かんむり》である。

したたかに打った膝頭をさすりながら座に戻った北八、やっと酒にありつけると思うと、「この店は縁起がわるい。他所へいって飲み直そう」と弥次にいわれてしまう。結局このところで、北が酒を飲めた形跡はない。

かくして作者がこの段で凝らした趣向は、両方に戸があるトイレをめぐる椿事だった。

ところで、こんなトイレがなぜあるのか。江戸時代には安普請の長屋が発達し、庶民は安い家賃で長屋に住むことができたのだが、そもそも大家は家賃収入でペイしなくてもよかった。むしろ糞尿を近郊の農家に売って利益を得たからである。大坂では法善寺横丁の長屋などが典型だった。

今のばあいも長屋とは書いてないが、二軒分の糞尿をかせぐ算段の家づくりである。

この糞尿商売には都市への人口の集中が必要だったし、一方で農村が比較的近くに存在しなければならない。

このあり方は、江戸よりむしろ、商売上手な大坂型だっただろう。両戸のトイレが江戸にはなく、上方ふうだったことも、合点がいく。

ということは、弥次にも北八にも、はじめてのトイレ経験だったことになる。それでこそ椿事も起こった。

居酒屋が出した肴も、みんな上方ふうだった。それにつづいて読者に提供されたものが、上方ふうトイレであった。

さらに、彼らにとってはなじまないトイレで、うなっていたのは江戸長唄だったという趣向が、この段のミソである。

じつは今までトイレトイレといってきたが、正しくは雪隠《せっちん》である。それを作者は雪陣《せっちん》と書き、恒例の段落おわりの狂歌では、

出ることの　おそいはやいで　あらそひし　これ宇治川の　雪陣かそも

「早く出ろ」「待て」という雪陣の争いを「宇治川の先陣《せんじん》争い」だとおさめたのである。

⑥⑤「デイデイ」の正体は何だ

大坂・天神橋通り

八編上

大坂でも天満宮をくまなく参拝した後、天神橋通りに出たところで、どうしたことか、弥次の雪駄《せった》の横鼻緒が抜けてしまった。

京都で買った雪駄である。

「京の者は油断がならねえ。豪勢に請けあって売りやがって」とくやしがる弥次。

ところがそこへちょうど「デイデイ、デイデイ」と掛け声をかけながらやって来る者がいる。弥次さん大喜び。「デイデイ、デイデイ」とは履き物直しの掛け声だったからだ。

しかしそれは江戸のはなし。上方では屑《くず》物買いが、こういって町を流す。ウソかホントか「デイ」とは「手に入れよう」ということばがなまったものだという。もし正しければ履き物直しが「デイデイ」というのは合点がいかないが。

それにしても雪駄の鼻緒が切れた時に都合よく履き物直しが来るというのはいかにもわざとらしいが、そんな穿鑿《せんさく》ぬきで笑うところに膝栗毛のおもしろ味がある。デイデイ屋の江戸と上方のちがいで一席笑わせようというのが一九の意図である。

さらに屑物買いと履き物直しとでは、金をもらうのと出すのとだから、大ちがいである。

そこで話がややこしくなる。

まずは弥次が片方だけを直させようとすると、屑物買いは「片方じゃどうにもならん。履いた方も鼻緒がとれそうだから一緒にしなせ」。

それでは両方ということになり、

「こりゃ安いがいいか」と屑物買い。しかし例のとおりの弥次の値切りが始まる。

「そうさ、なんぼでも安いのがいい」と弥次。

「それじゃ四十八文はどうじゃ」

「たかい、たかい。二十四文」

売る方で値切るのも珍しい。屑物買いは腑に落ちない。おかしさ半分ながら損にはならないのだから、二十四文で買おうといって雪駄を荷物の中にほうりこむ。

そこでやっと事態に気づく次第となる。しかも気づいたのは旅の道づれになった左平次という上方男だ。デイデイちがいで力みかかる二人の間に、よそ者の調停役をおいておく趣向がしおらしい。

しかし当事者は調停役を尻目に、上方者は「あたけたいな悪」(乱暴者)「あんだらくさい」(ばからしい)とわめき、弥次は「この横っ倒しめが」とののしる。こんな喧嘩ことばの文化史も、なかなか興味をそそる。

結局、雪駄は何とかとり返してほっと一息である。

その後二人(そして道づれ)が天神橋を渡っていくと喧嘩の人だかり。その中にまき込まれてもみ合う内に、弥次がふと見ると座摩《ざま》の宮の富札が落ちている。「八十八番」とある。「今日は突く日だ」と左平次がいうのは抽選の日だという意味である。

大方、捨てたはずれ札だろうと弥次は捨てる。

それを北がそっと拾う。

ところが宮に近づくと人声が聞こえる。何と八十八番が一番の大当りで賞金は百両だという。

愕然とする弥次の言い分がおかしい。「ええいまいましい。もう坊主になりてえ」

しかし北「そんなに力を落とすな。おれが百両とるから、お前には三両か五両は貸してやる」。拾った余裕である。

そこで弥次と北、俺のものだ、俺のものだともめないわけがない。しかし宮へいってみると賞金は明日払うとある。「明日になったら捨てた奴が来はせぬか」と心配ながら、さて明日を待つことになる。

さてこの金、ほんとうに手に入るのだろうか。失敗つづきの二人だから気をもむが、原作はここで「八編の上」が終っている。つぎの「八編の中」でどうなるかは、当時の読者も知らされていなかった。

だから私も、次のお楽しみ、ということにしておこう。

⑯ 富札をあてこんだ勢い

大坂・座摩の宮

八編中

はたして、拾った富札で百両がもらえるのかどうか。やきもきしながら続編の刊行を待っていた読者に届けられた「第八編の中」は、次のように始められる。

かくて、弥次郎兵衛北八は、おもひもよらず、百両の富にあたり、たちまち勢ひを得て……

二人にしては珍しく順調に、百両の富を手にしたように見える。

もちろん、当日はもう時間切れ、明日受けとることになっているのだが、この書き出しは逆転喜劇を期待していた読者を裏切って「いや、たまにはこんな事もありますよ」といいたいそぶりに見える。

それはともかく、さあ百両への期待は大きく、二人の勢いは手がつけられない。

道みちの芝居の呼び込みが「さあさあ出し物は『盛衰記』。無間《むげん》の鐘だ」というと、「無間の鐘とはすさまじい。こっちはもう百両もってらあ」。『盛衰記』では無間の鐘を撞《つ》くと三百両手に入るが、しかし無間の闇に沈む。そんなことをしなくても、すでに百両あるという鼻息の荒さである。

いつものように女郎買いの話が始まると「百両手に入っているのだから、買うなら太夫《たゆう》とやらだ」。太夫は最高級の遊女である。

それには身なりが大事。なにしろ幟《のぼり》の染め返しを着ているのだから往来の者から笑われた過去がある。道づれの左平次に「借り物の着物を借りてあげる。お代は明日でいい。とにかく百両あるのだから、何なりと借りて着なされ」といわれると、その気になる。

すぐ飛んでいって着物を抱えて戻ってくる左平次は左平次で、百両のお裾分けにあずかろうという魂胆である。あれこれおべっかをつかい、宿屋の番頭に頼んで、新町の揚屋《あげや》への紹介状ももらう。

そこでどんな身なりがいいか。借り着選びもにぎにぎしい。一かかえの着物を借りてきた左平次に、北は鼻息が荒い。

「野暮《やぼ》なものばっかりじゃねえか」

「これでも最上等の物ですぜ。この黒い紬《つむぎ》のものはどう」

「何だ、大きい紋所だな。それに丈《たけ》がつんつるてんで袖はやけに大きい。これを着たら生きた奴凧《やっこだこ》というもんだ。そっちの縞物は何だ」

「太織《ふとお》りじゃそうな」

「いやこっちの小紋がいい」

しかしこれは女物である。北はそこで調子に乗る。

「よし、こうしよう。この女小袖を下に着て、上に太織りの縞物を着よう」

そこへ風呂から弥次が上がってくる。

「それじゃ俺は黒い紬物にしよう。そして太刀を一本さして行くわ」。黒紬とは、さっきつんつるてんといわれたものだ。弥次は大男、いっそうつんつるてんのはずだ。しかもこの時湯上がりの弥次は裸らしい。「おいおい、清盛の脈をとる医者みてえじゃねえか」と北からかからかわれる。

しかし弥次「羽織りはどうしよう」。「この抜き紋はどうだ」と左平次。

もう支度がととのった北は余裕でからかい役だ。

「けちな羽織りだ。干鰯《ほしか》の仕切《しき》りに行くみてえだ」とは田舎の大百姓が肥料代の取りきめをするようだという皮肉。

「そう言うお前は蔕木寸伯《へたのきすんぱく》さまの代脈だ」と弥次がいうのは、ヤブ医者の弟子が先生代りの往診にいくようだという応酬である。

かくして二人が奇妙ないでたちながら、意気揚々と揚屋へ出かけるのも百両を当てにした勢いのおかしみである。

折しも夕刻。繁華街の堺筋をまっすぐ行くと店の灯《あか》りもあかあかとさまざまな店が軒を並べ、呉服、道具屋からタライ屋、桶屋、かと思うと神棚屋から仏像屋、あらゆる店があらそって品物を売っている。二人を包む雑踏も、百両持ちのお大尽《だいじん》のまわりのにぎやかしである。

67 十文字は借着のしるし

大坂・堺筋

八編中

町の賑わいの中には、呼びかけてくる占師《うらない》もいる。「当るも八卦《はっけ》、当らぬも八卦、サアサアこれへ」といわれると、早速弥次「なあ北さん、おいらが明日百両とることが知れるかどうか、見てもらおうか」と乗る。「よかろう」と見てもらうと、「えらい幸《しあわせ》なことが出て来る」と占師。「大いに心当りがある」と弥次。

「まことに降って湧いたような幸《さいわ》いが来る」

「これは奇妙、よく当った」

弥次はますますうれしい。「といっても空鉄砲《からでっぽう》ということもあれば御用心」といわれても「もう握ったようなものだ」と弥次の鼻息は荒い。

その上でさて揚屋《あげや》に到着。すでに左平次が手まわしをしているので、亭主は羽織り袴のいでたちでお出迎えとなる。

お大尽の風をよそおう弥次「無駄使いの一箱二箱は為替《かわせ》で送ってあるから一向に金は惜しまない」と大見えを切る。箱とは千両箱である。

ところが「とはいっても生まれついての商人。初会《しょかい》からというわけにもいかないから、まあ今宵は安くしてくれ」と地が出てしまう。

「なあ左平次、そうだろう」といわれた左平次、しかしあまりホラが大きいから急に心配になって「いくら決まっているからといって百両は明日のこと、どんな間違いで手に入らないとも限らない」と思いはじめる。だから今日は太夫の顔見せだけにして飲ませて連れ帰ろうと胸算用。

それにしても太夫が次つぎにあらわれては名乗るという豪華ぶりである。

さて、今夜は酒だけにしようという左平次の魂胆に二人が不承不承、飲みはじめると、仲居たちが二人の羽織りを脱がせにかかる。

すると羽織りの裏に十文字の糸の縫い付けがある。

さあ仲居ども、くすくすと笑いがやまない。じつはこの印、着物を貸すときの印なのである。

しかし弥次は知らないままに怪気炎。「太夫を総揚げしよう」「全部の太夫に揃いの着物を着せてやろう」と二人。

仲居も意地が悪い。「そりゃ嬉しいこと。着物の裏に十文字の印をつけてかいな」

もう二人の呼び名は「十の字のお方」と決まってしまう。

からかわれているとは知らない北、仲居が酒をつぐ時にふざけて仲居の膝をつねる。「おお、痛」と仲居が飛びのく瞬間に酒が北の膝にかかり、そこらじゅう酒だらけ。

さあ大変。「洗うてさし上げよ。さあ脱いで脱いで」と寄ってたかって北の着物を脱がそうとする。じつは北、下には女物を着ている。必死に抵抗するが、ついに帯をとかれ、女着の姿をあらわすことになる。

もちろん脱いだ着物にも十字の印がある。その上あらわれたのが女物ときているから、滑稽はきわまる。

さらに悪いことには、北が下に女物を着た時に弥次は風呂に入っていたので、知らない。だから仲居に洗ってもらえと加勢する。

やがて乾かした着物が戻ってくるが、その時も「さあさあ十の字のお方、出来上がり」とくる。腹にすえかねた北が「十の字の方とは何だ。わけを言え」と迫る。仕方なく左平次が、十字が借着の証拠だということを明かす。

その時でもなお「おいらが借着をしてくるか」と北の息まくのがかわいい。

かくして虚勢を張る江戸者を笑いつづける作者の筆は、ここでも勢いをゆるめない。

しかし考えてみれば見栄で支えられているものこそ遊廓。その仲居が田舎者の見栄を笑うところに気づけば、悲劇は一瞬にして喜劇になる。狐と狸の化かし合いの歓楽街に、今もなお喜劇が演じつづけられるのも、人生のほろ苦い一こまなのであろう。

㊽ 拾った夢の結末

大坂・座摩の宮 再び

八編下

新町の遊びでとんだ恥をかいた二人、明日こそ百両を受け取って雪辱《せつじょく》しようと寝床に入ったものの、やはり興奮していて寝られない。明け方に少々まどろんだだけだったが、とにかく食事もそこそこに座摩《ざま》の宮の富会所《とみがいしょ》に出かけた。

しかしいざ案内を乞う段になると「さあさあ弥次さん、入らねえか」「手めえ先に入れ」「どうも恥ずかしい」と怖気《おじけ》づくのも、大事を意識しすぎたせいだろう。

事の次第を告げると通された座敷のりっぱさ。二十畳ほどに琉球表《りゅうきゅうおもて》をしきつめ、床の間の造りも豪華。その上塵《ちり》一つない。

そこへ若衆が茶と煙草盆を運んで来《き》、ついで酒、肴《さかな》をもって来る。「一の富に当るとは運の開けた瑞相《ずいそう》。あなた方にあやかるように盃をいただきたい」という講中の者を相手に酒を飲むともう生酔《なまよい》となる。その上、そろそろ昼どきとなると食事の膳も出る。朝早く宿を出たのだから、かれこれ三、四時間も、飲み食いしていた勘定になる。

その上で、いよいよ百両の登場である。神職らしいものが講中二、三人をしたがえて、目八分に捧げて来たのは二つの三方に載せた南鐐《なんりょう》小判。これは良質の小判で、百両が百二十五両に相当したという。

もう二人ともゾクゾクしてきて有頂天になり、にこにこ顔で控えている。その二人に神職の名代《みょうだい》と名乗る男が「まずはめでたい」と述べる。

しかし、まだ金を渡してくれない。その上「お願いがござる」という。当社修繕費として十両寄進願いたい。世話役に五両祝儀をいただきたい。さらに次の富札を五両買ってもらいたい。

この件《くだり》の二人の返事がおもしろい。何を言われても「ハイハイ」「ハイハイハイ」。百両から二十両引かれても、とにかく早く貰いたい神妙さが、いじらしい。

それにしても作者は意地が悪い。金の引き渡しが、いっこうにやって来ないのである。読者は気が気でない。ついには百両すべてが何かに当てられてしまうのではないかという心配も、途中から出て来る。

さらには、交換条件が出て来ると、さてはさっきの酒や食事は、したたかに酔わせて寄進を承知させる算段だったか、と読者には思われてくる。

むしろ八十両はもらえることで、読者もホッとしたにちがいない。

さて八十両、いよいよ引き渡しとなる。「それでは札をお出し下され」といわれて富札を出す。

と、大変なことになった。当り札は「子《ね》の八十八番」。二人が拾ったのは「亥《い》の八十八番」。現在のくじも、組があって番号がある。同じ仕組みだ。

二人のしょげかえる様子が痛々しい。はっと気づくと、ぐんにゃりと首をうなだれ、弥次「ああ〳〵。どうといったら。根っからさっぱり。力が抜けて。俺《お》いらもうどうも」と、言うことがさっぱり意味をなさない。「何だお前、泣くか。業さらしめ」と北。

その上「何なら干支《えと》ぐらい違ってもようござりやすから、どうぞ今のお金を」と弥次が言うから講中の者が怒り出す。

とりなしは例によって左平次。「さあさあ帰りましょう」と言うが、弥次は腰が抜けて歩けない。よろよろと玄関まで四つんばいで這い出る始末になった。

そこでも警備役の男にまで「酒飲みに来たかったのか」といわれるから、北が怒り出して喧嘩となりそうになる。

なだめるのは左平次。そういえば昨夜の占師《うらない》が正確だったと気づいて百両の夢は消える。

読者には思わぬどんでん返し。さんざん読者の心を弄んだ作者の罪は深い。

㊾ 江戸にない物、上方にない物

大坂・生玉神社

八編下

百両の当てがはずれた二人、干支のちがいを無視した早合点は、もう長くつき合ってきた私たち読者には、いかにもありそうなことで、さして驚きはない。

しかし作者は残酷で、生きた心地もない弥次たちを、からかいつづける。「とくにあの年のいった方に気ィつけんとあかん。雪隠《せっちん》へ入ったら首くくるかもしれへん」と番頭にいわせる。

その上、借着の衣料屋が料金の受取りに来るわ、昨夜の料亭は請求書をもって来るわ。それでも二人の身についたケチ根性はなおらない。「高《たけ》え高《たけ》え」といったり「ひゃあー、目玉がとび出す」といったり。

傑作なのは料亭の請求に「これは違う」といいはる。「どう違う」と左平次。「わしらの飲み食いは子《ね》の四十一匁《もんめ》四分。これは亥《い》の四十一匁四分だ」

富札が干支ちがいでふいになったのを、こじつけたシャレである。頭に来た左平次「冗談言うより金を出せ」。すると例によって北はカッとなる。またまた喧嘩になりかかる二人。

しかし飛んで来た宿の主人は河内屋四郎兵衛。出来た人物で、「どんな方でもお客はお客。

すぐ出ていけなどとは申しません」。「そりゃありがたいが、とにかく明日出発しよう」と弥次がいうと「それでは住吉など、ゆるりと見物してはどうか」と誘ってくれる。

思わぬ救いの神の登場で、すぐに気が変るのも二人の特技である。しからばと町へ出ると、あとは町の賑わいが二人を待っている。

生玉《いくたま》神社は粟餅《あわもち》の曲《きょく》づきが名物。歌をうたいながら売る粟餅である。「つくつく、つくつく何をつく。粟つく麦《むぎ》つく米をつく。旦那はん方には供がつく。若い後家御《ごけご》にゃ虫がつく。隠居さんは提灯《ちょうちん》で餅をつく。おやまはお客の襟《えり》につく。芸妓にゃ又しても足がつく。コリャ」といった歌が聞こえてくると、もう弥次のさっきまでの悄気《しょげ》ようはどこへやら。後をついで、「おいらは、年中うそをつくが聞いてあきれらァ」。

「襟につく」とは媚《こ》びることだ。「足」とは情夫。

境内を出たところの、ちょっとした色町では新入りの芸妓のふれ歩きがいる。まずは「医者の娘、ぽってりとした中年増《ちゅうどしま》、寝間のしぐさはぐつぐつと、薬の煎《せん》じ方同様ふつうだが、そこはさて、匙加減《さじかげん》」と医者をもじった売り言葉がおもしろい。

つぎは飴《あめ》屋の娘だという。だから「にっちゃりくっちゃり、たくさんな水飴もどきの上物」だそうな。

こんなふれこみは江戸にないから二人とも珍しい。

『膝栗毛』には今までも泊り泊りに飯盛り女が登場して、読者への宿場遊び案内の役目も果たしてきたが、ここはさすが上方、遊びの本場の紹介で、一九先生も力が入った。

そこで目ざすは天王寺。ところが二人とも道を知らない。そこでたまたま来合わせた男に道を聞いたのがウンのつき。肥桶《こえおけ》運びのおやじだった。クサイ会話がつづく。「お江戸の肥は一桶いくらだ」「そんなこと、わっちが知るか」

道づれを逃れようとして弥次はわざと立小便をする。ところが先でちゃんと待っていて、「お江戸じゃ便所でもない所でするのか。もったいない」という。当時立小便もお江戸の名物だったらしい。

そのうち肥桶の中に銀のかんざしの浮かんでいるのが北の目にとまる。北、その辺の竹切れを拾ってつまみ出そうとする時、おやじが肥桶をかつぎ直したものだから、たまらない。肥が二人にはねかかる。おまけにかんざしはおやじの目にもとまって「これはいい。孫娘によい土産じゃ」となる。

読者の皆さん、顔をしかめてはいけない。とにかくこれは江戸時代の一大ベストセラーなのです。卑俗な庶民性こそが、逞《たくま》しい彼らの生命だった。二人の泣き笑い道中も、江戸の民衆の、コミカルヒーローの姿だったのである。

⑳ 日傘代りの障子が仇

大坂・住吉大社(1)

八編下

天王寺の広大な境内を出て、住吉大社へと道をとった二人、まず出会ったのが女の乞食。煙草の火をかしてくれといって近づくと乞食にしておくには惜しい別嬪《べっぴん》。さっそく「男はいるか」とちょっかいを出す弥次。「ハイ亭主とは去年別れました」「そんなら、また片づけばいいのに」「そうじゃ。この間も世話する人があって、一生物乞い芸で養ってくれそうな男だったが、家がないというから嫁に行かなんだ」

そこで弥次「この男はどうだ」と北をすすめる。

「オホホ、私は行きたいわ」

「俺も家がないがいいか。今普請《ふしん》中だから出来たら呼ぼう」

「どこへ普請してじゃ」

「ここへ来る途中に橋をかけていたから、あれが出来たら橋の下で祝言しよう」

「そんならワシも新しい莚《むしろ》など貰うとこか」

図に乗る北、「結納に一文《もん》やろうか」

ところで冗談はうまくオチがつかないと冗談にならない。「実はオレは町人だ」と言って切り上げるのでは場を白けさせるだけだ。女から痛烈に「わしゃまた、そんなに垢《あか》じみた、見すぼらしいなりをしているから、てっきり仲間だと思った」といわれて、結局みじめなオチとなった。

さて住吉詣では、貴賤老若うち集《つど》って、大変な賑わいである。その中にまじる御大尽は河内屋の太郎兵衛。当時遊びずきの奇人として有名だった、北久太郎町の両替屋が河太郎の名で登場する。暑い陽差しの中、彼は目に入った店の破れ障子を買って来いと、太鼓持ちに命令する。太鼓持ちに持って歩かせて、その蔭を歩こうという趣向である。「金一歩《ぶ》をやってこい。持ち賃にも一歩やるわ」。河太郎は浪花に聞こえた「活物《かつぶつ》」だという。

こんな趣向も思いつく人物だったのだろう。

見ていた二人はびっくり。「上方も馬鹿には出来ない。とんだしゃれものがいる」と感心して、ノコノコとついていく。

やがて太鼓持ち、「ちょっと障子を開けましょかいナ。お庭は広い。泉水《せんすい》は御前崎、淡路島が築山。えらいもんでございますナ」

住吉大社は大昔、海に面していた。そこで社前を「お前の海」といった。だから庭の池につき出た岬は御前崎。淡路島は築山だという。太鼓持ちならではの絶妙なシャレである。

しかももう一つの目的にも彼は成功した。ちょっと障子を開けると目の前に景色が広がるというからには、障子を捨てなければならない。はたせるかな、「もう障子は捨てよ」と河太郎がいう。これ以上持たなくてすんだのである。

ところが見ていた北、待ってましたと障子を拾おうとする。「京で梯子にこりたじゃねえか」と弥次。「しかしこの暑さ。北持っていけ」「交替だがいいか」と、結局拾うことになる。するとむこうからやって来た連中の笑い物になる。

「あの障子は何じゃい。面《つら》を見ろ。山車《だんじり》の印《しるし》持ちと障子持ちには賢い顔は無いわい」いやいやそれどころではない。障子の店の主人が現われた。「盗んだな」「いや拾った」といっても信じてくれない。「ここに書いてあるのはワシの店の名前。留守にばば一人を置いてきたから、盗んで来たのだろう」

連れの左平次が「御大尽が金一歩《ぶ》を出して買ったが、捨てたから拾った」と一部始終を説明しても、「あほくさい。こんな古障子を一歩も出して買う者がいるか。大方、団子を食ったついでに外したのだろう」と承知しない。

読者はいきさつを知っているが、なるほど何も知らなければ主人の方が理にかなっている。何が正しいかは、なかなか事実だけでは決めがたいことに、ここで読者も気づかざるを得ない。

のみならず、左平次が店の主人に「お前のものだというならお前が持って帰れ」といっても、「外したお前が持っていけ」と押し問答にまで発展して、さあ往来の群集は立ち往生するばかり。

71 ウマくつけた喧嘩の決着

大坂・住吉大社(2)

八編下

人だかりには通行人も大迷惑。そこへ馬を引いた男が通りがかったから、放り出された障子が馬に当った。おどろいて飛び上がる馬。その拍子に馬方がはねられて一、二間はじき飛ばされてしまった。

アイタタと痛がる馬方。「どうかしたか」と左平次。馬方、「アイタ、アイタ。男の急所が無くなった」

無くなったら大変である。

「そこらに落ちてないか、見て下んせ」

びっくりした障子の持ち主のおやじ、

「なに、急所が！　ここらには見えんわい」

馬方「それでも、どこか……」

「お前の袂《たもと》に入ってないか、見やんせ」と左平次。

馬方「どれどれ。ないはずじゃ、広袖じゃ」

広袖とは袂のない筒袖のことである。

左平次「そもそもお前さん、急所を持って来たのか。家においてきやあせんか」
馬方「あほ言うな。ワシは疝気《せんき》持ちだから大金じゃ。だからこうして袋に入れて首にかけておるわいの」
　疝気とは、巨大にふくれる病気だ。
おやじ「そしたら、その袋振るうて見やんせ」
馬方「ドレドレ。イヤあるわいの。びっくりして上の方へ吊り上がったらしい。揉《も》み出してやろう。イヤ出て来おった。出て来おった」
北八「ハハハ、なるほど大金だ」
弥次「施餓鬼《せがき》の袋と同じだ。不承不承ながら袋一杯だ。ハハハ」
　当時、施餓鬼供養の日には檀家に袋を廻して供米《きょうまい》をもらった。檀家が仕方なく米を入れることを、もじったのである。
　めでたく急所は戻ったが、さて馬方「急所はいいが膝の皿をすりむいた」と突然言い出す。そして急にいちゃもんをつけ始めた。
馬方「何で障子を馬にぶつけた」
左平次「ワレは知らん」
馬方「知らんといって、こりゃ誰の障子じゃい」
おやじ「ワシとこのじゃ」
馬方「見やんせ。こないに膝に疵《きず》がついてはすまんわいな。ここに屋号が書いてある。さあ店に行こう行こう。行ってきつう言わにゃおかんわい」

そう言うと馬方は障子をひったくって馬にくくりつけ、委細かまわず馬をシャンシャンと引き立てていく。おやじ、「コリャコリャ、その障子どこへ持って行くか。待てや、待てや」と追いかけるが、行きずりの者はただ面白がるばかり。みんなで馬をあとから追いかけながら、「ちょうさや、ようさ。万歳楽じゃ、万歳楽じゃ」とはやしたてる。

「ちょうさや、ようさ」とは、当時山車《だし》などを引く時のかけ声だ。もうお祭り気分なのである。ところがその時、弥次が「ハハハ。馬方が乙にまとめた」というのは事情を見抜いたかららしい。馬方が、持ち主の店へ障子を持っていってきつく言ってやるとは、ウマく喧嘩にケリをつけてやる算段らしいというわけだ。

どうりで急所が上下したあとに膝小僧をすりむいたとはいかにもアンバランス。そんな口実で障子を元の店へ戻そうとしたのである。

膝栗毛の登場人物はみんな子供じみてすぐ喧嘩するくせに、仲直りも早い。全体が庶民の温かい人情に包まれているからだろう。何か大岡越前守の「大岡裁き」も、こんな世情にのっかった裁判だったように思えて、ほほえましい。

この段もただグロテスクなだけではない。

⑫ 降って湧いた男めかけの話

大坂・住吉大社(3)

八編下

住吉詣でをすませた弥次と北は、目当ての茶屋である三文字屋にやって来た。というのもかねて河内屋と、ここで落合うことになっていたからである。

河内屋はすでに到着していて「まあまあ、とりあえず一杯」と酒をすすめる。弥次も北も腹ペコペコ。ついつい食物に手が出、「銭のねえ旅はつらい」と本音が出てしまう。すると旅がつらいと聞いた左平次「そんならお前がた大坂ものにならせんかい」という。

「何ぞ手に職でもあれば、それで食う事もあろうが、一つもない」と弱音を吐く北八。

ところがこれを聞いていた河内屋がとんでもないことを言い出した。

「男めかけの口があるが、どうじゃいな」

もちろん何にでもすぐ乗るのが二人である。弥次はあつかましくも鼻をピクピク動かしておもしろがる。北も負けていない。「わっちをおせわなすって下さい」。しかし弥次は自信がある。「ハ、、、、手めえじゃ手管《てくだ》がない。わっちは房事にかけては手だれの者。どうぞわっちを」というわけでまた「へ、、、、ハ、、、、、、」。

その上、河内屋がいうには「正真正銘、先方さんはえらい美しうて年は三十四、五。船場《せんば》の金持ちの後家だ。そこの番頭がいうにはどうも役者を買って金を使って困るから、厄介のない男めかけを抱えたい、ということだ」そして今、あっちの座敷にいるから見てみないか、という。

見るに及ばないと北がいうと、「それではよう聞いて来よう」と河内屋が座を立つ。すると、さあ二人のやり合いがはげしい。

「北、おれが行くぜ」

「お前が男めかけという面か」

「男がわるくても、女を喜ばせる手がある」

そこで北が「のう左平次さん、お前が女ならどっちに惚れる」と聞くものだから、左平次「どっちにも気がない」といわざるをえない。

「それじゃ男ぶりは五分五分。年が若いだけおれがいい」と北。「いや年の功はおれだ」と譲らない弥次。

こうなったら左平次には、くじを引かせるしか手がない。「長いくじを引いた方がおめけさまじゃ」。結局弥次が長い方を引くが、北の願かけが「南無住吉大明神さま」とは、とんだ神仏混合で奇抜である。

さて河内屋が戻ってきて言う条件は抜群である。給金は望み次第。別にゴボウ代と卵代がなにがし。ともに精力をつける食物である。

着物は後家持ちで、年中絹物を幾ら仕立ててもよい。腎虚《じんきょ》にならないよう、薬も通いで飲ませる。

もう、至れり尽くせりである。「山東京伝が店で売る薬も気根を強くするというから、何もかも強くなるので、これも取り寄せよう」とは弥次の悪乗り。

ところが何と、当の後家御《ごけご》が今ここへ来るという。いや、もう、ここへ向かってくる年増が見える。

その後家御なる者、垢抜けした上物《じょうもの》。髪の下がりぐあいが豊かなのは情の深い証拠で、肌は雪のように白い。二重まぶたに愛敬はポタリポタリとこぼれ落ちるほどで、縞ちりめんのむくを三つ重ねて着ている。むくとは表地と裏地を同じ生地で仕立てた上等品である。

その上黒ビロードの帯を前に結び、ピンクのちりめんに刺繍のある長じゅばんを裾からちらちらと出している。

足どりからは、少々ほろ酔い加減と見える。

そうした美女が、番頭をひき連れて、こちらへ来ようとしているのである。

こんな夢のような事があるのか。膝栗毛も終りに近い。作者は失敗ばかりの二人に、最後だけはいい目を見せてやろうというのか。

㊸ 美女後家と差しつ差されつ

大坂・住吉大社(4)

八編下

降って湧いたような男めかけの話の上に、当の後家御がこちらの部屋へやって来た。さあ弥次、北の興奮は想像にあまりある。

「おゆるしなされや。オホホホホ」、後家は、のっけからあだめいている。

連れてきた番頭がいうには、向うでは女ばかりで酒の相手がいない。幸い河内屋さんが来ているというので、後家さまが大喜び。私も御相伴で参りました。そこで、まずは一酌《いっこん》と河内屋が後家に盃をさし出す。

「私もずいぶん酒《ささ》が過ぎたさかい、もうそないには、よう飲めませんわいな」といいつつ後家、少し口をつけて河内屋へ、

「この盃、御返しいたしましょかいな」

「いや私も、えろう過ぎました。どなたへと差しなされ」

そこで、いよいよ弥次に後家の盃が廻ってきた。

「それではあなた、大変憚りさまながら」

じつは弥次は、さっきから夢中になりっぱなし。後家の顔ばかりを、見ぬふりしながらじ

ろりじろりと見ていたが、盃を差されて、ぞっとするほど嬉しい。そのあまりうろたえ出して、

「ハイハイハイ、頂きやしょう」まではよかったのだが、見かねたのは左平次、

「コレコレそりゃ盃じゃない、たばこ入れじゃ」

　こんなドジをしている間に後家の酒はもうよそへ廻ってしまったらしい。

「ホイ、これは取り違えて粗相千万。サア北八、ついでくりゃ」と北に頼む始末。北は、

「俺《お》ら知らねえ、勝手についで飲みなせえ」。仕方がないから弥次は「エエ、付き合いの悪い男だ」と女中につがせて飲みほし、番頭へ差すが、番頭おしもどして、

「えらいお手際じゃ。も一つお重ねなされ」。弥次も、

「いや、もう俺《わ》っちは、いつも酒を飲むとだんだん色が白くなって、しまいには白羽二重のようになりますが、今日はなぜか、こんなに真赤になって飲めません」

　ところが、こんな不粋な盃の戻し合いに、後家がちゃんと入ってくれる。

「おあいなと、いたしましょかいな」。おあいとはお愛想、代りに酒を受けることである。何とやさしいことか。弥次は、いっそう舞い上がったらしい。北八へ振って、

「ハイハイハイ、ノウ北八、あなたにおあいをお頼み申そうかいの」。するとそっぽを向く北「勝手にしなせえ」。

「ハハハハハ、それでは、憚りながら」、弥次はやっと後家に向きあうことができた。

「何の、まあ」、後家はやさしく盃を受ける。

見ていた河内屋がチャチャを入れる。

「こりゃお二人して、あっちゃこっちゃと、とんと婚礼の盃のようじゃ」

このせりふ、河内屋の腹の中に男めかけの話があってのことか。どうも、からかっている様《さま》にしか見えない。

「オオおかし、オホホホホホ」と後家。

「コリャこたえられぬ。ハハハハハ」と弥次。北は面白くない。

「静かに笑いなせえ。肴の中へお前《めえ》のつばきが入らぁ」

「入ってもいい。黙っていろ」

弥次はそういって「モシ」と後家に向き直り、

「この男めは俺っちがすることにケチをつけてなりません。俺っちはこれでも唄も歌いやす。三味もかじりやすから女中方をころころと面白がらせることが得意《えて》でござりやす。そんな時はとかくこの男が焼餅を焼いて困りきります」

「ほんに、お前さんは、どうやら面白そうなお方じゃわいな」

受けは意外なほどに上々。弥次は「もうしめた」とばかり、男めかけ競争を物にしたと大喜びである。

と、そこへ後家の下女が向うの座敷からやって来た。

何を言いに来たのか。

74 しめくくりは江戸者の太っ腹

大坂・住吉大社(5)

八編下

後家の下女がやって来たのは、後家に客人があって「ちょっと御挨拶したいといってむこうで待っています」というためだった。

客人とは通称あら吉こと、嵐吉三郎。当時の上方歌舞伎の立役者である。あら吉を知らない江戸者の弥次、北に河内屋が解説する。大物の上に年は若いし男ぶりもよい。大坂一の役者だ、と。

あら吉が来たと聞いた後家が突然そわそわし出して、挨拶もそこそこに引き上げていったのも、無理はない。

可哀そうなのは弥次、「さてはこの役者めに惚れていると見える」と大変な力落としである。その上、やがて奥座敷からぞろぞろと出て来た後家の一行の中に、当のあら吉の姿も見える。「なるほどいい男だ」と左平次は感心するが、弥次は「あれがいい男とは呆れかえる。色の生白《なまじら》けた、日蔭の瓢簞《ひょうたん》みたいな面だ」と、まだ腹の虫が納まらない。

そしてこういう時は、いろいろと邪推をするものらしい。北いわく「あれあれ弥次さん見なせえ。何やら後家がささやいてこっちを指さして笑っているのは、大方お前のこったろう」。

「いまいましい。河内屋お前が恨みだ」と弥次は八つ当り気味である。

さて、先ほど後家の番頭がやってきて言うには、一行は船で帰るとのこと。そこで河内屋が、それじゃ我等も船に乗って、敵らの船を邪魔してやろうかと提案する。

当今は若者が車でケチをつけられたといって、こちらからも車で意趣がえしをする。その江戸版であろう。

そこで一同、それはおもしろい、さあ出かけようということになるが、この時突然の雨。かみなりまで鳴り出した。

このところ、筋がちょっと目まぐるしい。作者の一九先生、どうしてこんな筋立てをするのかと思うが、読んでいくと趣向がある。北いわく、

「うらやましいのはあら吉だ。今ごろ船の中でごろごろぴかりという度に、後家めが『ヲヲこわ』などといってしがみついているだろう」

河内屋まで相槌を打つ始末、「くい付いたりひっ付いたり。離れはすまい」。

北はすぐ悪乗りする。ごろごろという度に「ヲヲこわやの」と弥次に抱きつく。後家のまねである。この「ヲヲ」というのは上方の女ことばの声色《こわいろ》だから、発声までまねたことがわかる。

そもそも、男めかけの話は後家が役者遊びで散財するのをやめさせようという理由からだった。だからあら吉の登場で話は振り出しに戻ってしまった。

弥次にしてみれば、こんなあら吉役を夢みていたのだから、現に後家があら吉に抱きつい

ているのには堪えられない。ましてや後家が北に代ったのでは冗談にもならない。

その上、北は弥次を突きとばしたらしい。そのはずみで弥次が、「風呂敷の中の天狗の面が痛い」というのは、あら吉役を妄想していたせいか。

さらに大かみなりが鳴ると「天狗の鼻柱がぽきりと言った。あ痛、あ痛」と下腹をかかえる始末だった、そうな。

かくして一大長編膝栗毛もこれで終り。めでたく江戸へ帰ったとあるが、さて河内屋なる者がなぜ二人にこれほど親切なのかは、ずっと語られずに来た。ところが最後のところで、二人がさまざまな失敗にもかかわらず、難渋をへちまとも思わず洒落とおして、少しもめげない様子に河内屋が感心し、衣類、路銀を用意して大坂を送り出した、とある。

河内屋を感心させた、二人の様子を作者は「江都《えど》の大腹中《だいふくちゅう》」という。江戸者を軽はずみのとんま者に仕立てて、さんざん笑いとばして来た作者が「江戸者の太っ腹」ということばを上方に対比させて全編をしめくくったのは、まことにめでたい。

いやいや、もう一言つけ足しておかなければならない。じつは河内屋と一九は旧知の仲だったらしい。作者はほんとうに弥次・北をもち上げたのだろうか。

75 おしまい——よきかな、人間。

かくして、二人の道中が、何とおかしく、楽しい笑いに満ちていたことか。この笑いはどこから来るのだろう。

まず最初の大笑いは小田原の風呂騒動。五右衛門風呂を知らなかったばっかりに底板をとってしまったから熱くて入れない。幸い下駄を見つけた弥次はよかったが、いきなり素足をつっ込んだ北は大あわてになる。

こんな失敗がずっと続くのだが、これも東西の生活の違いから起こる。大げさにいえばカルチャーショックがそもそもの原因。これが最後まで引きつがれて、都では京ことばと江戸ことばの違いから、二人は笑われたり、あほ呼ばわりされたり。

江戸幕府ができてからもう二百年、東海道は東西を結ぶ大動脈として定着していると思いきや、やはり道は道なのである。

それでこそ道中は楽しいだろう。いくら行っても家の生活の延長では何のおもしろみもない。日本の国を一まとめにしようとするお役人には不本意かもしれないが、道はいつも、日常と違った新鮮さを持ちつづけていてほしいのが、庶民であろう。だから大名行列を、ちょっとからかってみようという気にもなるのである。

花の都も、いなかと同じでは立つ瀬がない。お高くとまって、いなか者をこけにしていられるのも、東海道が江戸と都を一つにしないお蔭である。

かくして道は別々の世界の人間を行き交《か》いさせながら、喜劇の舞台となる。

そういえば膝栗毛には、徹底的な悲劇が一つもない。ひどい目に遭わされたり、大失敗で荷物が別の船で運ばれてしまったりして、困りはてることはあるが、だからといって泣きの涙に沈んだり、旅ができなくなったりするわけではない。

だから理不尽といえばいえなくない。いったい二人の路銀はどうなっているのか、そんなことに筆者が注意を払って書いているとは思えない。

いつもどこからか湧いてくる金。現代小説などではとても成り立たないだろうと思われるほどの無頓着ぶりだ。

しかしそれがいい。主人公は底抜けに明るくてどんな時も軽いノリで困難を流し去ってしまう。一つ一つの小咄《こばなし》のおちに、必ずといっていいくらいに狂歌が用意されていて、悲劇をうまく掬い取ってしまう。

これが全体の仕組みのコツだ。作者は端《はな》から、悲劇など書こうとはしていないのである。世間に、この世は感じる者にとって悲劇であり、考える者にとっては喜劇である、という名せりふがある。

一九先生は感じることの気高さなど、てんで信じてはいなかったらしい。さりとて考えすぎると、また重くなる。程よく考えると深刻に見えていたものが、馬鹿ばかしくなり、深刻になっている自分まで、滑稽に思えてくる。この世間との、距離のとり方がいい。

だから喜劇として世間を見る賢さも、この時代の文筆家には備わっていたことになる。一九ほか、この時代にたくさん戯作者が登場したのも、太平の江戸の世の、教養の高さに他ならなかったのである。

しかもこの道中、どこにも極悪人はいない。どの人物もどこか可愛くて憎めない。そんな愛情の中で操られている登場人物だから、喜劇しか演じられない。

わたし達が『東海道中膝栗毛』の読者となる時の楽しさは、日常を離れた旅で気ままに生きる姿への、人間本来の共感なのだろう。

よきかな、人間。

あとがき

『東海道中膝栗毛』という作品を知らない人でも、弥次北といえばだれ一人、知らない人はいないだろう。中にはヤジキタが一人の名前だと思っている人もいる。

弥次と北はこの『膝栗毛』の主人公である。作者は十返舎一九（一七六五―一八三一）、『膝栗毛』は発端《ほったん》から第八編までが少しずついろいろな形で出版されて、享和二年（一八〇二）から文化十一年（一八一四）に及んだ。

さてその中でおもしろそうな話題を選んで読者に紹介しようとしたのが本書である。

雑誌「ひととき」の創刊準備の時、連載を依頼されて、この紹介を思い立った。なにしろ東海道から山陽道を走る新幹線で読まれる雑誌である。それなら東海道の駅々を歩きつづけた弥次北は、東海道の旅人の大先輩といえる。しかも二人の旅は無類に楽しい愉快旅行《メリージャーニー》。車中の旅気分の友人としては、この上ない適任者といえるだろう。私はこの二百年前の旅の楽しさを、皆さんに知ってもらおうと考えた次第である。

なお書物にするにあたり連載のものを大幅に改めて新稿も加え、構成も一部変えた。

なにしろ、この江戸の町の裏店に住む二人は無邪気に人間性まる出しで憎めない。珍道中もいいところで笑いが止まらない程だ。

それでいて作者はきちんと文明批評も忘れない。諷刺はかなり冷静な観察が必要だから、一九の眼力を馬鹿にしてはいけない。なによりも旧い都会の京と新しい都市の江戸とが、こうも違うのかと思われるだろう。人間の気質も違う。それらがぶつかり合って、そうでいながら一つの国を作っている日本の、その中心線も東海道なのである。

二人の道づれのおもしろさもさることながら、こんな背景もぜひ理解してほしい。

ただ残念なのは、道中の全部が紹介できていないことだ。とにかくこれだけでも、二〇〇一年八月から〇七年九月まで六年を超えて七十四回になる。そこで全部ではないが、道中がどうだったたか、ほぼわかってもらえただろうと思って筆を擱くことにした。さらに読もうと思って下さる方は『新編日本古典文学全集』(小学館)の中に原典があるから、目を通してほしい。私が読んだのもこのテキストだった。

なおお断りしておかなければならないのは、ことばについてである。原典には今日避けようとみなの考える表現がたくさんある。勢いこの書物でも使わざるをえない場合、十分配慮して「　」をつけたり、可能なかぎり言いかえをしたりした。その上でもし不適切だったら心からおわびをしたい。

そんなお願いもした上で、さあ一人でも多くの人がこれを読んで、笑いで日ごろの肩凝りをほぐしてほしい。

連載は長きにわたり、何人もの方に担当していただいたが、松本怜子社長、佐藤亜紀「ひととき」編集長には終始おせわになった。もろもろの方に御礼を申し上げる次第である。

二〇〇七年秋風の立つころ、山房にて

著　者

✤著者紹介

中西　進（なかにし　すすむ）

一九二九年東京都生まれ。東京大学大学院修了。大阪女子大学長、京都市立芸術大学長などを経て、現在、奈良県立万葉文化館長・京都市中央図書館長。文学博士、文化功労者。
日本文化、精神史の研究・評論活動で知られる。日本学士院賞、大佛次郎賞、読売文学賞、和辻哲郎文化賞、奈良テレビ放送文化賞ほか受賞。
著書に『日本人の忘れもの』全3巻、『国家を築いたしなやかな日本知』『中西進と歩く万葉の大和路』『万葉を旅する』（ともにウェッジ）、『中西進の万葉こころ旅』（奈良テレビ）、『詩をよむ歓び』（麗澤大学出版会）、『古代日本人・心の宇宙』（NHKライブラリー）、『中西進の万葉みらい塾』（朝日新聞社）、『ひらがなでよめばわかる日本語のふしぎ』（小学館）、『日本語の力』（集英社文庫）、『日本文学と漢詩』（岩波セミナーブックス）、『詩心―永遠なるものへ』（中公新書）他多数。目下『中西進著作集』全36巻（四季社）が刊行中。

中西進と読む「東海道中膝栗毛」

二〇〇七年一〇月二五日　第一刷発行

著者　中西　進
発行者　松本　怜子
発行所　株式会社ウェッジ
〒一〇一―〇〇四七
東京都千代田区内神田一―一三―七　四国ビル六階
電話：〇三―五二八〇―〇五二八
FAX：〇三―五二一七―二六六一
http://www.wedge.co.jp　振替 00160-2-410636
装丁・本文デザイン　上野かおる＋大西昇子
印刷・製本所　図書印刷株式会社

※定価はカバーに表示してあります。
ISBN978-4-86310-006-0 C0095
※乱丁本・落丁本は小社にてお取り替えします。

中西進の本

日本人の忘れもの
日本人の忘れもの②
日本人の忘れもの③
定価　各1470円（税込）

いのち、こよみ、ささげる、はなやぐ——。日本人の伝統的な暮らしのなかから、大切な「忘れもの」をお届けします。（文庫版　定価　700円（税込））

美しい振る舞い、相手を立てる謙虚さ、そんな「心の力」を取り戻したい。理屈に締め上げられたあなたに贈ります。待望の第二弾。

心の豊かさをたもつために忘れずにいたい全二十五章。日本人すべてに贈るロングセラー・シリーズ全三巻、ついに完結。

国家を築いたしなやかな日本知
Japanese Wisdom

日本人は昔から海外の文化を取り入れ、和化し、自国に吸収してきた。しなやかな日本知で、和の国家を築いた創意の足跡をたどる。
定価　1680円（税込）

中西進と歩く万葉の大和路

古寺に仏像を拝み、麗しい風景を嘆賞し、美味に舌鼓を打つ。日本文化の碩学が、万葉の和歌で彩りながら、日本人の心の原郷・奈良を案内する。
定価　1260円（税込）

万葉を旅する

自然への尊崇、美への感動、それを高らかに歌ったのが万葉集の歌だった。名歌を読み解きながら、全国各地の名所を案内する、古代と響き交わす心の旅。
定価　1470円（税込）

東　海　道
人と文化の万華鏡

日本のメインルート、東海道を彩ってきた人々と文化の目も綾なエピソードの数々。夢の通い路五十三次を十四人の筆者が描く、東海道カレイドスコープ。
定価　1680円（税込）